連神也不怕的女商人
伊弗・波倫
溫菲爾王國貴族
海蘭

完全離開村子以後，
再也沒有任何東西能遮擋視野。
除了遙遠彼方
那一點點低矮山丘的稜線外，
到處是一望無際的麥田。
教會改革的旗手「黎明樞機」
托特・寇爾

賢狼與前旅行商人之女
繆里

「我說得沒錯吧，這幫人才不是普通的狂熱信徒。」
拉波涅爾的老領主
諾德斯通

Contents

序　幕 —— 11

第一幕 —— 15

第二幕 —— 105

第三幕 —— 229

第四幕 —— 277

終　幕 —— 341

新說　狼與辛香料

狼與羊皮紙 6

Kadokawa Fantastic Novels

WORLD MAP
凱森
迪薩列夫
阿蒂夫
多蘭平原
樂耶夫山
約伊茲
紐希拉
勞茲本
拉波涅爾
伊克
凱勒科
堂斯格
凱爾貝
樂耶夫河
斯威奈爾
雷斯可
托爾金
溫菲爾王國
雷諾斯
羅姆河
普羅亞尼國
特列歐
恩貝爾
N
W
E
S
卡梅爾森
拉姆特拉
崔尼國
波羅遜
留賓海根
帕茲歐
約連
斯拉烏德河
帕斯羅

地圖繪製／出光秀匡

序幕

這是個只有祭壇和幾個座位的小小禮拜堂。

牆上沒開窗，只有高處有個天窗，白天也相當昏暗。

可是有那麼一小段時間，天窗探入的光明會洗淨祭壇，而此刻正有個人跪在那片陽光的帷幕之中。

那是個銀髮在金色光芒下更顯白燦美麗的少女。她的面前掛了一面鮮紅旗幟，旗上用金線繡了一頭狼。

狼以似乎望向遠方又像看著一旁的姿勢坐著，右手抓本聖經，左手邊有條麥穗。

一名髮色如陽光的女子，走到旗幟與少女之間站定。

她轉向祭壇行禮再面對少女時，手已扶上腰際的劍柄。

接著一氣呵成地拔劍，陽光在劍身上迸射，掃開禮拜堂的黑暗。

「汝可發誓永遠效忠此旗？」

劍尖帶著短短的一句話指向少女頭頂。

「我發誓。」

女子稍稍頷首，豎起劍轉換角度，以劍脊碰觸少女的肩。

「那麼，我在此以王國賦予我的權力代行神職，封汝為騎士。」

劍又在少女肩上敲了一下。

「騎士繆里，而今而後，汝當與共事此旗者同生共死。」

銀髮少女繆里抬起頭，從海蘭手中接下旗幟。

從這一刻起，繆里成了必須守護這面旗，為名譽而戰的騎士。

凡聚於此旗之下者，都是家人、手足、戰友。

海蘭替繆里將旗幟綁在肩上，彷彿著了火一樣。

繆里捧起旗幟貼在臉上，大口吸氣。

然後頭一轉，往我看來。

「大哥哥！」

全世界只屬於我倆的小小騎士團就此誕生。

在陽光下，繆里的笑容反而比陽光還要耀眼。

第一幕

冬季的空氣已悄無聲息，春天的柔和早晨裡有水的氣味。

暖和起來是很好，只是清晨的禮拜堂不再凍人，似乎少了點什麼。總覺得禮拜應該要像手指刨冰那樣嚴峻的我，走出禮拜堂時，一個經常出入我下榻處的商人捎來一封信。

那封信以表示身分高貴的紅繩捆住，還捺上教會徽記的封蠟，感覺很隆重。

信是由教宗的打手著稱的聖庫爾澤騎士團所寄。

我在宅院中庭的長椅坐下，開封讀信。開頭的問候文字跡硬得像用劍刻的一樣，大概是給見習騎士羅茲練習寫字吧，後面分隊長溫特夏的近況報告就流利多了。

這支大名鼎鼎的聖庫爾澤騎士團分隊，是大約在兩週前突然來到勞茲本。

更驚人的是，他們是在極度窮困，進退維谷的狀況下返回故鄉。

信上以有點開玩笑的誇張口吻，說他們身為信仰的守護者，要和人民攜手糾彈王國內所有聲名狼籍的教會組織。看來這些出身於溫菲爾王國卻隸屬教宗，身分曖昧的騎士終於找到了他們在王國裡的新角色。

而拉了他們一把的我，自然是對這封前途光明的信十分欣喜。

「但話說回來……」

我從頭再讀一遍，表情也隨之黯淡。

因為王國與教會的紛爭，帶來了許許多多這樣難以想像的餘波。我們對抗教會的行動，也會對各處造成意想不到的影響。好比一齣這裡按下去，就會有哪裡胡亂凸出來的鬧劇。而且因此流離失所的，往往是無辜的人。

溫特夏他們也是在騎士團基地裡待不下去而渡海返回王國，並不是他們本身有什麼問題。他們的騎士素質沒有任何減損，也不是奢侈背信之徒。就只是王國與教會的紛爭使得環境改變，淪為時代的難民罷了。

王國與教會皆是極為巨大的存在，這兩個巨人一旦振臂開戰，就會有很多人像他們身上的青苔那樣失足墜落。

我決心投身於這場紛爭時也對此渾然不覺，直到最近。

明明身邊就有個因為全然無法掌控的血緣問題，而遭世局洪流遺落的人，做事還這麼欠思慮，真該好好反省。

「我還是差得很遠呢。」

讀完最後一頁，我仔細疊好信，嘆一口氣。

人們給我取了「黎明樞機」這麼一個稱號，讓我有點自大了。

過去旅程上，我總是往解決王國與教會之爭這個目標橫衝直撞，現在才開始告誡自己該三思而後行。像王國自己，也因為眼見繼續正面衝突會加速引爆戰爭而審慎行事。

那麼，我們是不是能在開戰之前找出一個和平積極，不會有任何人受傷、遭逢不義的方法來結束這場紛爭呢？

開始具體思考後，我很快就在這難題前失去方向。

為自己的不成熟和無力嘆氣時，忽然有道尖銳的聲音射來。

「大哥哥！危險！」

「咦？」

一從信中抬起頭，就有把劍指著我的喉嚨。

那當然只是木劍，喊危險的也是揮劍的繆里自己。

在中庭練得一身汗的繆里喘吁吁地笑著說：

「大哥哥，你要再警覺一點才行喔。」

繆里背後，中庭中央處，陪她練劍的海蘭護衛騎士用手巾擦擦汗，向我微微鞠躬。

我趕緊回禮，然後推開繆里指著我喉嚨的木劍。

「晨練結束了嗎？」

「嗯。今天學了這一招！」

繆里往後退，雙手舉劍橫掃。或許是她在紐希拉經常拿樹枝揮來揮去，沉浸在英雄遊戲裡而打下了不少基礎，動作很像樣。

她將劍收回腰際，挺直背桿的樣子威風凜凜，十足有小騎士的架勢。

「如何？怎麼看都是騎士吧？」

然而對我得意地這麼說時，她又變回那個平時的野丫頭。

「只論外觀的話，是有點。」

我標準已經放得很鬆了，但繆里仍不滿地鼓脹臉頰，「咿～」地咧嘴作鬼臉。

這個只屬於我和繆里兩個人的騎士團，是幾天前剛成立的。

我給我們這段旅程上始終曖昧不清的關係找到了一個名字，那就是騎士。

熱愛冒險故事的繆里一聽到能成為騎士就興奮得不得了，設計只有我們能用的徽記更是讓她開心極了。

縱使沒有血緣關係，不是情人或夫妻，只要有了徽記，就能讓人無論身在何處都能感到同袍間的連結。繆里曾在仰望世界地圖時，發現世界之大卻沒有一處可供她這個流著狼血的非人之人容身而啞口。對她而言，這樣的徽記是有其必要。

這能讓她知道，她在這世上並不孤單。

繆里腰帶上側望而坐的狼刺繡就是一個實實在在，能用手直接摸到的證明。

「那是羅茲他們的信？」

繆里擦完汗，綁好長長的頭髮後探頭看信。

「是啊，看來他們現在過得不錯。」

「呵呵，他們畢竟是世界最強的騎士嘛。」

垂眼看信，訴說憧憬的她，臉上滿是青春少女的表情，但是看到一半肚子突然大叫，連我都傻了。

「啊……嘿嘿嘿。」

就連繆里都有點難為情了。

直按著肚子苦笑。

「天還沒亮就揮劍到現在，肚子不會餓才怪。我們去吃早餐吧。」

我收回信折起來，離開長椅。

「對了，妳的劍鞘呢？」

「啊，還靠在樹上！」

繆里趕緊往種在中庭中央的蘋果樹跑去，紮起的頭髮如狼尾般搖晃。鞘是海蘭在騎士冊封儀式上所賜，以金線繡上了狼徽，高級得很。不過尺寸是以高大的成人騎士為準，對現在的繆里而言實在太大，看起來跟小孩子偷拿出來玩沒兩樣。

這當中，陪她練劍的騎士也沖完水要回屋裡去，繆里以一手握拳抵在胸上的騎士禮儀目送他離開。大概是有練習過吧，站姿很標準，連那麼大的劍鞘都顯得自然了。

「嗯，怎麼啦？」

繆里回到這來，不解地歪頭問。

「……我發現妳比想像中更像個騎士，刮目相看了。」

她眨眨紅色的大眼睛，得意地笑起來。

「我本來就是騎士嘛。」

這麼說著的她，還拎起左手裡的劍鞘，驕傲地撫摸上頭的狼徽。

「行為舉止當然要配得上這個徽記才行。」

那靦腆的笑容仍有些許少女的稚氣，但是將劍鞘掛回腰際傲然挺立的模樣，已開始散發不同於母親賢狼的風範。

其實她只要遵守禮儀，就能讓一般的貴族千金自嘆弗如了。

假如她真能學會騎士的行為舉止，肯定會是個走到哪都不丟人的淑女。

「那真是太好了，祝妳成功。」

「嗯哼哼～」

繆里一開心地笑，就露出了平常的表情。妹妹的成長讓我很欣慰，希望自己也能提供助力。

「既然要成為一個名副其實的騎士，妳就從明天開始參加禮拜吧？」

在騎士生活中，修習神的教誨是必不可免。正式說來，騎士團是隸屬於騎士修道會，一個以修士為中心的組織。繆里過去都只把聖經當午覺枕頭看，如今終於有理由要她學習神的教誨了。

雖然我們是貴族海蘭賦予特權的私人騎士團，並未加入教會組織旗下的騎士修道會，我的心態也沒有因此改變。光是想像繆里安安靜靜閱讀聖經，莊嚴地進行禮拜的模樣，我就眼眶一熱。沒什麼能比見到兼具優雅與虔誠的繆里，在春光下翩然微笑更讓我高興的了。

若有這麼一天，我這個不可靠的兄長也可說是將妹妹導上了正道吧。這條路真是漫長啊。我回想著過去繆里的種種惡作劇而興嘆時，眼前的她滿臉厭惡地別開了眼睛。

「……」

喜悅愈大，失落也就愈大。

不過現在仍是個好機會，我激勵自己不能就此認輸。

「我說繆里啊，作騎士可不是只要揮揮劍就好，那樣就只是劍士而已。要在生活中實踐神的教誨——」

她聽我訓話的樣子，跟她拿樹枝當劍揮，結果砸壞旅館籬笆而捱罵那時一模一樣。都能看見她緊緊蓋起藏起來的狼耳當耳塞了。

不僅如此，當這場毫無回應的訓話說得我快使不上力時，她還像是久候多時了似的突然把臉逼過來。

「可是大哥哥，你還沒替我這個騎士買劍耶？」

「咦？哇！」

繆里抽起懸於腰際的劍鞘，一把推在我胸上，拔出木劍在我面前晃。

「拿這種木劍哪裡像騎士啊？」

「……」

自從冊封騎士的事敲定以後，她不知拿這件事出來說了多少次。

儘管海蘭賜給她這個劍鞘作為騎士的象徵，但如同寶劍奇譚的常見橋段，裡頭並沒有劍。繆里對此大為不滿，嚷嚷著既然成了騎士就需要佩劍，而我總是用女孩不該拿劍為由打回票。

對我來說，不過是因為旅途中發生了很多事，為表誠意才與繆里結下騎士關係。再怎麼說，繆里也不過是溫泉聖地紐希拉的羅倫斯與赫蘿託我照顧的待嫁閨女。若是放任她要劍而讓她野上加野，到時候要我拿什麼臉去見他們。

「不准拿劍。」

「為什麼！」

前不久還有望成為一個模範騎士，一轉眼就變回平時的繆里了。

「我就是要劍啦！大哥哥我跟你說喔！街上的工匠跟我說過一把傳說中的寶劍，真的超厲害的耶！」

結果是這麼回事。我頭都暈了。才奇怪這幾天她被我用不行就是不行一再搪塞，都變得比較少提了，怎麼又死灰復燃，原來是聽了個無稽之談。

「傳說中的寶劍就只是傳說，實際上並不存在。」

「它一定存在！」

騎士風範都不知上哪去了。

我大口嘆息，說道：

「不可以拿劍。然後這幾天，妳也要跟我一起作禮拜。」

繆里把唇用力繃成一線，撇過頭去。

「大哥哥大笨蛋！」

繼承了狼血的少女生起悶氣來，簡直跟我們的團徽一個樣。

繆里從不挑食，總是吃得又多又開心，很討侍女們喜歡。這天她也是一早就被餵撐了肚皮，回房就解放狼耳狼尾，在床上躺平。

「騎士才不會這麼懶散。」

「唔……騎士守則也說，該休息的時候就要休息……」

她嘟嘟噥噥地拿歪理頂嘴還打了個大飽嗝。裝木劍的鞘擺在肚子上，毛茸茸的狼尾傻呼呼地左右搖。

「真是的……騎士這條路還有得走呢。」

繆里裝作沒聽見，打開羅茲他們送來的信，不厭其煩地又讀一次。

我為她嘆一口氣，收拾散了一床的騎士道軼聞和冒險故事，整理昨晚弄到深夜的聖經俗文譯本草稿。

「嗯……我是不是也來練練字比較好啊～」

當我將熬夜時啃的生洋蔥散了一桌的皮撥在一起時，背後傳來如此上進的言語。她是從信上的筆跡看出，新手騎士和千錘百煉的分隊長溫特夏的騎士水準全然無法相比了吧。

「當然比較好哇，妳的字太有特色了。」

說拙劣是拙劣，卻有種充滿活力的感覺。

「當騎士要會的東西好多喔。」

繆里放下舉向天花板的信，累了似的閉上眼睛說。她學什麼都是這樣，先從外表學起，不過她這次說不定是想讓自己舉手投足都變成一個騎士。會這麼想，是因為我現在才注意到她竟然乖乖躺在她自己的床上。

這段旅途中，無論我說多少次她不是小孩了都不聽，夜夜都要偷爬上我的床撒嬌。如今回想起來，她還真的是在冊封儀式過後就開始睡自己的床了。

起初我還以為她是討厭洋蔥的味道，但剛才從餐廳回房的路上，她習慣性地牽起我的手，卻又臨時轉念而甩開。

理由是騎士不會手牽手走路。

還以為是氣我不買劍給她，現在想想恐怕是誤會了。

難道是騎士這個稱呼，讓自覺要變成熟的想法在她心中萌芽了嗎？

再往繆里望去，結果那野丫頭卻不知何時半張著嘴睡著了。

「受不了……」

才有點期待就這副德性。

不過她天還沒亮就開始練劍又飽餐了一頓，這也是難免的事。

這麼天真可愛的人說自己是騎士，我也只有苦笑的份，頂多再不抱希望地盼她能多堅持幾天。伸手要拿她仍抓在手裡的信時，肚子上的劍鞘滑下來驚醒了她。

「嗯……奇怪……」

「要睡就蓋好被子睡。」

「呼啊……我沒有要睡……呼啊～……」

打那麼大的呵欠還說這種話，不曉得是在撐什麼。

「信給我，免得被妳弄皺了。」

繆里乖乖聽話，閉著眼把信交出來。我一邊折信，一邊心想該不該連劍鞘一起拿走時，繆里開口問：

「對了，為什麼你看羅茲他們的信會愁眉苦臉的啊？有寫到那種事嗎？」

「咦？喔，沒什麼……」

原想這樣含糊帶過，結果她視線突然變了。

前不久還是一臉睡意的鬆垮表情，現在眼睛卻吊了起來。

「大哥哥，要是我看信看到愁眉苦臉，你會怎麼想？」

她吃力地坐起來，將劍鞘擺在大腿上說。

當然，我很快就知道她在不高興什麼。

「……要是妳看信看到愁眉苦臉，我會希望妳告訴我怎麼了。」

「就是說啊。何況我還是跟你共享同一個團徽的騎士呢。」

要是說她太誇張，肯定會被狠咬一口。想要求繆里表現得像個騎士，自己是得先拿出騎士團同袍的樣子才行。

「妳說的有道理。」

繆里環抱雙臂哼一聲。

「我只是……覺得不太好意思說出來罷了。因為我在煩惱超出我能力範圍的事。」

她愣了一下，搓起尾巴掩嘴。

「娶我作新娘之類的嗎？」

好像很久沒聽到這句話了。

「的確超出我能力範圍呢。」

繆里樂得咯咯笑，我也跟著笑起來。

別看繆里這樣，她繼承了父母的智慧，腦袋靈光得很，說不定能從我讀信時的大煩惱中理出不同的見解。

「這封信讓我想了一些關於王國和教會之爭的事。只要這紛爭持續下去，時代的巨輪就必然會輾過一些像溫特夏和羅茲他們那樣的人。」

繆里輕含嘴邊的尾尖，聳了聳肩。

「目前雙方交鋒的狀況是有進有退。民間的情勢愈來愈有助於改革教會，但教會也不像會乖乖讓步。如果終究是免不了一戰，那麼神會樂見我們打這場仗嗎？」

我拉書桌椅子坐下，側眼一瞥厚厚的聖經。

「開戰以後，受罪的都是老百姓這些無辜的人。我當然是很想幫助這樣的人，不過……我的能力畢竟有限，所以很希望王國與教會的這場紛爭可以和平解決，也想為這個方向盡一份力……

問題就是不曉得該從哪裡開始。」

我手上只有黎明樞機這個空泛的稱號，和淺薄的神學知識而已。

「金毛怎麼說？」

繆里口中的金毛，即是想從信仰層面幫助王國贏得紛爭的溫菲爾王國貴族海蘭。

「即使在溫特夏閣下這聖庫爾澤騎士團的風波過後，國王陛下依然是步步為營，只是目前還沒有想到好方法。」

王國不希望這麼早開戰，是因為勝算不夠吧。

王國是島國，教會大本營位在大陸上，一旦開戰就得隔著海峽對打，勢必有一番苦戰。

但相對地，雙方都不必擔心對方一夜之間就兵臨城下。

不論結果好壞，戰爭都會一直憋到忍無可忍才爆發。

甚至有種雙方都找不到致勝步數，難以採取進一步行動的感覺。

「嗯……以我看過的戰爭故事來說嘛，最後大多是眾人臣服於某某神君的權威之下啦。」

現實上根本就不可能發生這種事。

「話說回來，這裡的國王為什麼會跟教會吵架啊？」

繆里雖熱愛冒險，對於王國和教會的紛爭卻沒什麼興趣。她將劍鞘擺一邊伸展雙腿，大概是練過劍以後身體有點硬，一邊前彎一邊問。

「教會有一個稅目叫什一稅，每個國家都要繳這個稅。原本是用來籌促對抗異教徒的資金，可是戰爭結束以後卻沒有停徵，所以王國主張這筆稅並不正當。」

「教會的人就是拿這筆錢來吃香喝辣嗎？」

「也不是直接拿來供他們奢侈啦……但至少是他們那種鋪張生活的一條支柱吧。」

這些錢堆出了雄偉的大教堂、精緻的服裝、銀製法杖，乃至每晚豪宴上的金杯金盤。就算他們每天都徹底執行聖務，也不能是神的羔羊極盡奢侈的理由。

只要將他們高貴的生活和失去名目的徵稅擺在一起，很容易就能看出其中有弊。

「這樣說來，事情很單純嘛。」

「就是很單純啊。」

這件事明顯是教會理虧。若問為什麼如此明顯了，事情還會弄到這般田地，很難教人不往教會就是如此腐敗想。

這造成了無數怨懟，更多的是傷悲。

實在愧對聖經上那麼多金玉良言。

「害大哥哥有傷不完的腦筋。」

我往繆里看去，她不知何時已經坐到床的角落，將劍鞘扛在肩上。

「可是大哥哥就是會像這樣替很多人傷腦筋，才能幫助羅茲他們吧。」

「……」

想不到她居然會誇我，但她對我詫異的反應似乎很不滿意。

「你那什麼表情？」

「沒有啦……」

繆里不服氣地嘟嘴，抓著劍鞘站起來，挺直背桿擺出騎士架勢。

「雖然你整天都頂著羊咩咩的傻臉，在街上走來走去想事情，讓人很受不了，可是我發現，保護你這樣的人其實跟保護羅茲那樣的人是一樣的事。」

接著她連劍帶鞘一起揮過來。

「身為大哥哥的騎士，我是真的要努力一點才行了。」

出身於溫菲爾王國，使得羅茲他們遭到同樣誓言效忠聖庫爾澤騎士團的同儕白眼，而且騎士團本身也因為和平世道無仗可打而逐漸失去存在意義。大概是他們這樣的處境，深深地迴盪在繼承非人之人血脈而沒有容身之處的繆里心裡，才會有這種反應。

然而那迴響非但沒讓她害怕，反而想更專注地去傾聽、去成長，以對抗這個世界。那我也該呼應繆里的期待，非得精益求精不可。

繆里兩手抱著劍鞘對我靦腆地笑，我也對她笑。

「所以啦，大哥哥。」

她笑呵呵地開口，我便盯著那雙紅眼睛等她說。

「我需要一把配得上騎士身分的劍。」

我也保持笑容回答她：

「不行。」

真是一點都大意不得。

繆里當場就嘟起了嘴，轉身撲回床上。

不是先前那樣稍微躺一下，而是拉起被子，準備要睡上一頓了。

「大哥哥死頑固！」

還縮成一團，要勒死枕頭似的緊抱。

「……真是的。」

儘管繆里總是虎視眈眈地等待買劍的機會，但還是看得出來她誇我不是假意。

在王國與教會的紛爭裡，有很多意想不到，或以為有益卻反成惡果的事，免不了令人洩氣、受挫。但若這樣就害怕退縮，是面對不了大風大浪的。況且，屆時我不會是一個人。

因此，我認為自己應該繼續確實、誠實地做我自己做得到的事。只要走在正道上，神一定會給我指引，也能回報繆里的期許。

想著想著，我感到門外有人走近，不久敲門聲響起。

往繆里一看，她已經用被子把頭連耳朵蓋起來了。只露出幾根腳趾，還有一點點尾尖，應該是無所謂。

開門見到的，是宅裡的男傭。

「抱歉打擾您休息，海蘭殿下回來了。」

海蘭結束騎士冊封儀式後就應召進宮，這幾天都不在城裡。特地遣男傭來通報，應該是有要事要談吧，說不定是宮裡有動靜了。

「我馬上就到。」

「殿下在辦公室等您。」

男傭敬個禮就輕手輕腳地離去。關了門再往繆里看，只見蓋過腦袋的被子都被她捲到肚子底下，整個人包成一團，準備長期抗戰的樣子。

「繆里，要走嘍。」

想扒開棉被，卻遭到她的抵抗。她連人帶被子整團搖來搖去，露出來的尾尖也拍來拍去，好像在玩一樣。

既然她想耍賴，那我也只好出狠招了，拿起擺在桌上的劍鞘說：

「看來妳已經忘記騎士要對主人盡忠了，我把劍鞘拿去還海蘭殿下嘍。」

繆里立刻翻開被子露臉。

「大哥哥壞心眼！」

「我才沒有壞心眼。來，頭髮梳整齊。」

賭氣的繆里嘆了一口很故意的氣，跳下床拿起梳子開始梳頭。

「大哥哥，要跟金毛說下次讓我們去找傳說中的寶劍喔！」

聽繆里匆匆梳著頭說這種傻話，我答得是有氣無力。

到了辦公室，海蘭正忙著處理眼前堆積如山的羊皮紙。有王族身分的人在大城市居留時，民眾總會大排長龍前來陳情，希望能代為仲裁糾紛，解決各種疑難雜症。此外還得為王國教會之爭四處奔走，教人深為折服。

「我這個人怕閒不怕忙，這樣剛好。」

就連說一句您辛苦了，她都答得若無其事。

「話說，宮裡有動靜了嗎？」

收到溫特夏他們的信，又和繆里聊過之後，我忍不住就問了。

海蘭眨眨眼睛，微笑道：

「你那願意和王國一同奮戰的心，實在難能可貴。真想叫那些只想自保的貴族向你看齊。」

接著不改微笑，嘆一口聽起來很累的氣。

「不過很遺憾，還沒有進展。父王打算多爭取一點時間，等民眾真正團結起來，逼迫教會改正惡習。」

據說大陸那邊的時勢，正逐漸對改革教會奢靡有利。

然而這股浪潮會擴大到多久、多大都是未知數。

光是乾等，實在令人心急不安。

「我也是這麼想，但也只能從能做的做起。」

「說得也是……」

煎熬的不是只有我一個，況且海蘭還要面對拿不定主意的國王等高官，費的心思肯定比我多更多。

「是我思慮不周。」

「別這麼說。只要想到我這邊有你們在，在宮裡也能怡然自得。」

向海蘭鞠躬致謝後，她換了個話題。

「不說這個了，聽說騎士訓練挺順利的嘛？」

那是對站在我身旁的繆里說的。

「人家說妳很有劍術天分喔。」

陪繆里練劍的護衛騎士就站在門外。

應該不是叫來站哨，而是找他來問繆里近況的吧。

不知為何，海蘭特別喜歡不忌憚王族身分的繆里。

「騎槍比賽很重臂力，沒那麼容易，不過劍術比賽就另當別論了。希望能見到你們的旗幟在賽場上飄揚。」

「聽到了嗎，大哥哥！」

繆里喜孜孜地看看我再轉向海蘭。

「可是啊，海蘭殿下～」

她忽然放低聲音，抬眼對海蘭說：

「這個大哥哥都不買劍給我耶。都封為騎士了還用木劍，很奇怪對不對？我還要保護他度過各種困難，劍是一定需要的東西，可是他說什麼就是不聽。」

「……」

我眉頭大皺地往身邊瞪，可是繆里理都不理。

海蘭也知道我們這幾天在爭這件事，露出樂多過無奈的苦笑。

「先別急，不如這樣想吧。」

海蘭對繆里說：

「假設有一個貴族惡少全身裝備閃閃發亮，仗著家裡有權有勢，到處作威作福。」

「嗯？」

繆里愣愣地往海蘭看。

「有一天這個惡少在城裡欺負人的時候，被一個穿著寒酸的旅人撞見了。旅人要惡少住手，惡少卻看旅人手無寸鐵，想反過來教訓他。結果旅人連劍也沒拔，路邊抄起一根木棍就把他打得無力招架。」

街頭戲班大概真的有這種戲碼。

「旅人只有在真正需要時才會拔劍。如果用樹枝就能打遍天下無敵手，拔劍以後肯定連屠龍都沒有問題。」

當戲台上的勇者釋放他隱藏的力量，台下的小朋友總會高舉雙手大聲歡呼。

而繆里當然也是其中之一，她看看自己腰間的木劍，表情像是剛注意到上頭鑲滿了寶石。

「真正的勇者不挑武器，還會先徹底鍛鍊自己，好在緊要關頭保護真正重要的東西。」

「這樣啊……有道理！」

繆里抬起頭，已經完全被說動了。

那笑容讓海蘭滿意地點點頭說：「然後……」清咳兩聲再繼續。

「有件事情，我要麻煩妳這個新上任的騎士和兄長黎明樞機閣下去辦。」

「悉聽尊便！」

繆里挺直背桿，擺出真正的騎士所傳授的立正姿勢。海蘭對她微微笑，說道：

「有個領主身上有不好的傳聞，希望你們能證明他的清白。」

「嗯……咦咦？」

雖然繆里應該沒傻到以為海蘭會派我們去屠龍，但她仍叫得很掃興。

「你們解救的聖庫爾澤騎士團，不是要到王國各地去糾正教會的弊端嗎？於是除了教會組織以外，還有幾個領主想藉這個機會證明自己有正當的信仰。王國歷史悠久，難免有些家族的祖先原本是異教徒或出現過異端。這些家族的人擔心騎士團會先找他們開刀，所以要請你們到其中一個家族那裡去，親眼看看是怎麼回事。」

繆里慢慢閉上傻張著的嘴，往我看來。

並且用眼睛要我拒絕這個差事，手拍拍我的腿再指指劍鞘。

她想說的當然是那把傳說之劍。我不理她，問道：

「請問這是要我做審訊異端那樣的事嗎？」

「不，沒那麼誇張。說起來，我們要的是你到那個領地去確認沒有問題的事實。當貴族反目成仇的時候，往往會利用這種機會散布謠言陷害對方。我們有必要預防這種無謂的混亂。」

看來海蘭要的不是查明真相，而是政治目的。繆里興趣全失，嘟起了嘴。

「不過，總不能每次有這樣的陳情就派你們到人家領地去。會這麼做，主要有兩個原因。」

說到這裡，我發現海蘭往繆里瞄了一眼。

「第一是因為，這個領主的土地是我國重點小麥產地。要是這裡發生信仰危機，恐怕會衝擊到國內麥價。」

溫菲爾王國是島國，要是糧食自給出了問題而需要從他國進口，唯有海路一途。對抗教會這般巨大組織時，海洋並不是很可靠的優勢。

王國是絕對有必要維持小麥產地的安寧。

「至於第二個呢……」

海蘭的表情和聲音都變得格外凝重。

難道這裡還藏有比堪稱王國生命線的小麥更緊要的問題嗎？我不禁緊張。

接著海蘭說話的對象不是緊張的我，而是一旁的繆里。

「這位進宮陳情，希望能證明諾德斯通家清白的，是一名最近才剛繼位的年輕領主。當地謠傳——」

海蘭賣足了關子之後，擺出一個戲劇化的笑容說：

「他們的領地上，會有來自冥界的幽靈船出沒喔！」

對正經的話題嗤之以鼻的繆里，眼睛立刻亮了起來。

諾德斯通家，是王國歷史中最古老的家族之一，他們從開國之戰初期之時就已經在服侍王家溫菲爾家族了。王家也因為這樣的功績，特別讓他們用羊作家徽。

可是懂得打仗不一定懂得經營領地，隨著王國的平定而無戰可打的諾德斯通家權勢漸衰，不知不覺就沒落到只能靠幾塊貧瘠土地續命，直到前任領主上任才好轉。

這位年輕領主與過去維護威嚴擺第一，經營擺第二的歷代領主不同，全心投注在改良領地上，將羊都養不肥的貧瘠土壤變成了小麥的主要產地。甚至有人將如此巨大的轉變稱為奇蹟，而當地也正好有個以祭祀農耕聖人聞名的祭典。

當我和繆里聽到這裡時，忍不住對看一眼。貧瘠土壤突然盛產小麥，而且當地還出現信仰問題，會聯想到的只有一件事。

繆里脖子上那個裝滿麥穀的小囊，就是掌管小麥豐收的賢狼給她的。

然而照海蘭的說法，事情牽扯到的不太像是上古精靈一類。

「諾德斯通家因種植小麥而一路興旺起來，但隨著時間過去，當地也出現了一些怪異的謠言，也就是幽靈船。」

繆里吞吞口水，海蘭淺笑著說：

「不過幽靈船的謠言其實很常見，甚至是有港的地方就一定會有，勞茲本也一樣。只要妳去碼頭問，就會有人告訴妳吧。」

繆里掃興地垂下肩膀。

「但是，傳說那艘幽靈船跑到了諾德斯通家的領地兩次喔。」

繆里立刻踮起腳尖，一下無言一下笑忙得很。

「只要調查這件事的真偽就行了？」

「主要是這樣沒錯，但這個家族的謠言其實不只這一條，讓人民更相信幽靈船的存在，或是造成更多謠言。它們是來自前任領主的……該說是特異行徑嗎？他是個有點問題的知名人物。」

海蘭說剛上任的繼承人來到宮廷請求協助證明家族清白，那我也看出是怎麼回事了。

「所以是新任領主想洗刷因為前任領主的舉止而纏上他們家的謠言嗎？」

「是這樣沒錯。宮裡有些人說他們是異端，我是一點也不信。父王都說他是個只花一代時間就把荒地變成麥田的人物，行動力非比尋常，做出一些太過火或周遭難以理解的事也是難免。問題是……」

海蘭說到這裡猶豫片刻，沒有口中說的那麼有自信。

視線落在桌角，是在思考該怎麼講吧。

「我也只是聽說而已，前任領主似乎與鍊金術師關係密切。」

「鍊金術師……」

一陣難以言喻的類推，使我重複這個詞。

「您是說他們藉鍊金術師的力量將荒地變成農田，就像把鉛變成黃金那樣？」

「每個人都會這樣想，而且前任領主僱用鍊金術師是有文件紀錄的事。雖然這樣不足以稱為異端，但很不好聽。過去還曾被周遭的貴族抨擊，被逼得進宮去澄清呢。」

這個家族能好端端地存活到今天，表示是查無不法吧，但是這恐怕抹不去當時給周圍留下的可疑印象。

「最誇張的是，他有個異常的堅持，誰也勸不聽。」

先是幽靈船和鍊金術師，然後還有異常的堅持，繆里的好奇心都快爆炸了。接下來還會有什麼呢，我實在無法想像。

海蘭清咳一聲後這麼說：

「他聲稱西方大海的盡頭，有一個誰也沒見過的國度。」

繆里的反應就像走著走著肚子餓了，前方突然跳出一隻兔子一樣。

她立刻激動得大叫。

「這不是——唔嘎！」

看她整個人都要撲到桌上去，我趕緊抱住。

「關於這件事嘛……」

我當著傻眼的海蘭把這隻激動得不曉得會說溜什麼的小狼嘴捂起來，自己接下去說：

「那個……對了，是在迪薩列夫聽說的。西方大海的盡頭有新大陸什麼的。」

那是羊毛經銷商，羊的化身伊蕾妮雅告訴我們的。她想在這個誰也沒去過的大陸建立一個非人之人的國家。

而伊蕾妮雅也曾這麼說過下面這件事。

「唔嘎……煩耶，放手啦！難道王國想偷偷尋找新大陸的事是真的嗎！人家說王國的船曾有那麼一次成功找到新大陸，別人都沒有耶！」

繆里叫得很大聲，我心裡卻涼了半截。怎麼能對王族問這種陰謀論的事呢。

然而愣住的海蘭回神後展露的表情並不是叱責她無禮，而是苦笑。

「民間已經有這種傳聞啦？」

這反應反倒讓繆里愣住了。

「這個傳聞……大概是被人盡可能地誇大又加油添醋過吧。來源嘛，我想應該就是這個諾德斯通家。」

海蘭手拈下巴尋思道：

「我大概也知道事情怎麼會傳成那樣的。因為當初諾德斯通家的前任領主，曾到宮裡找人合夥賺錢。」

「合夥……賺錢？」

我隨繆里的呢喃與她對看，接著海蘭繼續解釋：

「宮裡常有這種事。例如發現豐沛金礦，或是哪裡新開了條商隊路線，要開始作大買賣了，總之就是以能夠一舉致富為由，想請貴族出資。曾有一段時間，諾德斯通家的前任領主為了航向新大陸而到處遊說集資，當時他好像就是用自己的船實際抵達過新大陸來推銷的。後來應該就是透過進出宮廷的商人，當笑話傳了出去。」

繆里表情失去光采，但不曉得是對於王國並沒有暗中策劃那種事，還是不曉得該怎麼評論海蘭的話。

「一些口無遮攔的人，還曾經當面質疑他是不是想騙錢，不過當時宮裡認為他是真心相信新大陸的存在。畢竟他已經自費出船，把種田賺來的錢幾乎全砸下去了。宮廷裡那些人，如果有貪心愚蠢大賽的話肯定都是名列前茅，可是這種事就連他們都不信，沒有半個人想出資，事情就這麼不了了之。不過——」

海蘭在這裡稍停片刻，看看我和繆里。

「諾德斯通的訴求仍在人們耳裡迴盪，變成了謠言。他身上本來就多得是編謠言的材料，想怎麼編就能怎麼編。我光是在宮裡隨便打聽一下，就能遇到好幾個一本正經地說他是打算用鍊金術師當引水人，搭幽靈船到冥界去買永恆的生命呢。」

領地突然變成小麥主要產地，又有人不時目擊幽靈船出現，與鍊金術師關係匪淺，再加上對於追尋西方極境的狂熱。

有了這麼多黏土，究竟能讓有心人捏出多駭人聽聞的故事呢。光是看繆里已經在用力構思就很明顯了。

「無論如何，這個褒貶兩極的領主也因為年老而退休了。年輕領主想給這塊領地闢謠，而且他還說王國正在對抗教會，要是自己的領地成了教會找碴的藉口，等於是陷國王於不義。依我看，這一半是真心話，一半是想表示忠誠來諂媚國王吧。對我們而言，那裡畢竟是王國重要的糧倉，本來就不能坐視不管就是了。」

聽海蘭說來，前任領主不像是個異端，就只是每個地方都少不了的奇人罷了。而他正好是小麥主要產地的領主，會對當地造成不小影響。

「很抱歉要你跑這一趟，可是諾德斯通家真的非常重要。能請你答應新領主的請求，保證他們的清白嗎？」

王國的糧食問題，在這個一不小心就可能與教會開戰的狀況下舉足輕重。前不久我們才為了全國餐桌都少不了的漁產供給問題，遠赴北方群島呢。

再說諾德斯通家的新領主會急著解決這個問題，是因為聖庫爾澤騎士團要開始巡迴全國教會除弊，我也該負一部分責任。

「儘管交給我去辦。」

海蘭隨我敬禮輕點個頭，視線轉向我身旁的新手騎士。

「諾德斯通家位在因運輸小麥而繁榮的港都拉波涅爾，妳也願意走一趟嗎？」

授予繆里騎士稱號，動用特權制定我們專屬徽記的不是別人，就是海蘭。她有事要我去辦，我自當赴湯蹈火在所不辭，但繆里可就難說了。

而且她很想和繆里親近，繆里卻對她愛理不理，所以我猜，她說不定是考慮到這部分，才接下諾德斯通家的請託。

因為──

「交給我們準沒錯！」

對方是與幽靈船和鍊金術師扯上關係的可疑家族。

最愛聽勇者鬥惡龍的繆里，答應得是那麼大聲。

此行多半只會是禮貌性的訪問，但鑑於諾德斯通家對王國的重要性，處理起來是馬虎不得。

況且海蘭只是說得像是諾德斯通家的前任領主幾乎不可能是異端，所以並不是完全沒有這種可能，還很有可能牽涉到非人之人。

無論如何，前往拉波涅爾之前有需要先做些調查，還有人纏著我去做呢。

不用說，當然是繆里。

「大哥哥，幽靈船要航向新大陸耶！」

這種話她不曉得說了幾次，我都懶得回了。但是繆里一點也不在意，滿腦子都是那異想天開的奇譚。

看她興奮到耳朵尾巴隨時會跳出來，打聽諾德斯通領地的消息，和出門打點交通工具時，都讓她穿上了兜帽大衣。

「那個神祕鍊金術師一定是靠賢者之石得到了不死族的力量。他還藉此復活死人當船員，做出了不死族的幽靈船。為了克服萬難，到茫茫無邊的西方大海去冒險！」

繆里以諾德斯通家的謠言編出了這種故事。

這傢伙塞滿幻想的腦袋被奇譚撞了一下以後，就像拍打好幾年沒換乾草的床鋪那樣，噴出一大堆亮晶晶的小星星。

只是她興奮的重點，無疑是牽扯到新大陸這部分。

「大哥哥，這件事是不是也跟伊蕾妮雅姊姊說比較好哇？」

新大陸的事原本就是伊蕾妮雅告訴我們的。她說西海盡頭有個誰也沒見過的土地，她要在那裡建立只屬於非人之人的國家。

繆里對新大陸傳聞那麼興奮，不只是因為單純愛冒險，而是人類尚未涉足的新大陸對於在世界地圖上找不到安身之所的非人之人而言，具有特殊意義。

「聽海蘭陛下那樣講，說了反而會害她洩氣吧。」

伊蕾妮雅說，全世界只有溫菲爾王國的船曾經抵達新大陸，並依此猜測王國有暗中占領新大陸的想法。但我覺得，那比較接近是她個人的願望。畢竟我們再怎麼樣也籌組不出可供遠航的船隊，所以她打算搭王國計畫的順風船。

不過老實說，聽了海蘭講解新大陸的傳聞是怎麼傳開的之後，我想王國根本就沒有這方面的打算。

「是金毛人太好，被國王騙了啦。」

愛怎麼幻想都隨妳便，說海蘭壞話可就不行了。

「海蘭殿下為了我們的騎士團花了那麼多苦心，怎麼還這樣說人家。」

繆里下意識想回嘴，轉念一想覺得也有道理而吞了回去。

但她的興奮可不會這樣就熄掉，擺弄著去到哪兒都掛在腰上的劍鞘說：

「可是既然這樣的話，我就更需要傳說之劍了吧。」

幽靈船傳說和領主痴迷於西方極境的事，似乎給了繆里的冒險心燒不完的燃料。

「我們必須要揭露幽靈船的祕密嘛。說不定會有骷髏兵，甚至是惡魔殺過來喔！」

繆里一副有了那把劍就能將它們一掃而空的樣子，握起不存在的劍表演剛學的橫掃，把路人給逗笑了。

「……不需要那種東西。」

「為什麼！」

我對繆里重重嘆息。她的妄想膨脹到我都不曉得該從哪勸起了。

「我先問妳，傳說之劍是什麼東西？」

「傳說之劍就是傳說之劍！」

這算哪門子的解釋。

「那這把劍要上哪兒才找得到？」

我覺得邊走邊說比較好，省得她在一旁大吵大鬧，便試著問問看。

「傳說之劍當然是要冒險到最後才拿得到啊，你不知道嗎？」

繆里擺出「怎麼連這都不懂」的眼神後，替我開示般的說：

「到傳說之劍所在的山洞之前，要先把材料湊齊。」

「材料？」

我開始有點興趣，而繆里也似乎看出來了。

她收起脾氣笑起來，靠過來牽起我的左手。

「首先金屬的部分呢，要去拔全身都是鋼鐵的龍的鱗片。」

一開始難度就這麼高。至於為何會有鋼鐵龍鱗這種事就不該問了吧。

「至於煉鋼的火，就要去有樹精靈的森林裡，拿千年神木的樹枝來燒。」

「樹的精靈……真的存在嗎？」

除了能寄宿於麥子的狼精靈，我還認識有兔子、鷲、羊、鯨魚外貌的精靈。

沒見過植物類型的我脫口那麼問，結果繆里踢我一腳，無視問題繼續說：

「鍛打用的鎚子，一定要被雷劈過的特殊鎚子才行。」

異教神話裡好像有類似的東西。是把揮舞就能召來雷電，丟出去還會回到手上的神奇鎚子。

「然後用來把紅通通的鋼鐵冷卻用的水，要用世界盡頭那個大瀑布的水。」

小孩經常拿些天真的疑問來考大人，其中有一條就是「大海另一邊是什麼樣子」。

大海的盡頭是瀑布，再過去就什麼都沒有了——一般都是這麼回的。既然繆里相信西方大海另一邊有新大陸，要相信再過去就是世界邊境的瀑布並不難。

她沒對世界的構造有些亂七八糟的疑問，我就該偷笑了吧。世界由神所創乃是教會的根基，這個問題根本就是異教徒的宴會廳。

海蘭之所以會答應這請託，一部分是因為諾德斯通家曾有追尋新大陸的過去，特別觸動王家的神經吧。

對世間利害關係全無興趣的繆里不懂人家的憂慮，依然滔滔不絕地講她那把傳說之劍。

「龍鱗這邊，就算找不到真的龍，也能請鯨魚歐塔姆爺爺找一條類似的魚幫忙吧。千年神木的話，問娘應該很快就找得找到，鎚子有的是辦法吧。世界盡頭的瀑布水呢，當然是能從新大陸撈到嘍！」

繆里的幻想麻煩就麻煩在，總會有聽起來跟童話沒兩樣的現實幫得上忙。

「然後重要的就是怎麼鍛造劍身用的鋼了。一般的鋼鐵，是用蛋殼之類的東西丟進熔爐一起燒。」

自從說好要冊封騎士之後，繆里就對自己的佩劍朝思暮想，天天往鐵匠街跑。這些個最近才學到的知識，被她說得像是知道了很久一樣。

「傳說之劍用的鋼啊，是要用信仰純正的美少女的一把頭髮一起燒出來的喔。」

這類型的傳說故事，少了犧牲奉獻的少女就沒滋味了。

最後這個少女還當然會成為英雄的妻子，而繆里居然摸起自己的頭髮來了。

「這個也很簡單吧？」

不抱絲毫懷疑的純真笑容，看得我是拉長了臉。

信仰純正的美少女。

若從特定角度的夾縫裡看，倒也不是不能這麼說，但我覺得她恐怕是見光死。

在我不知該如何回答時，繆里又眉也不挑一下地踢我一腳。

「最後是傳說之劍和劍士聯結的劍柄部分，也就是這個位置用的是——」

繆里摸摸收在腰間精緻劍鞘裡的木劍柄說：

「聖人的遺骨。」

古時候的劍柄大多是以骨骼製成。紐希拉常有各方權貴來度假，經常看他們炫耀密傳兵器之類的。劍柄鑲嵌聖遺物，能呼喚奇蹟的寶劍自然是不在話下。而這類古劍用的基本上都是骨柄，或許有些真是人骨。

但沒有一個大膽到用上整根聖人遺骨。

不是因為用遺骨不敬什麼的，單純只是聖遺物極為貴重而已。就像整把劍身都以黃金製成的劍，怎麼算都划不來。

「能當劍柄那麼大的聖人遺骨，有足以蓋一間大教堂的價值耶。」

這樣就算是繆里也得放棄了吧。

但不知為何，她直勾勾地盯著我看。

面無表情，像隻盯著獵物的狼。

察覺那眼神的意味後，我心裡有點發寒地說：

「……我可不是聖人喔？」

繆里卻更加安靜地直瞅著我的手臂，不久後噘起小嘴說：

「一根就好了嘛。」

不曉得她是多認真，至少眼睛根本沒在笑。

「要做傳說之劍耶？一根骨頭算便宜的了。」

「給妳一根我就少一根了！」

「唔～一定會再長出來的啦。你沒有留小時候的骨頭嗎？」

「又不是牙齒……」

聖人遺骨價值連城，自然有人拿這名義來詐騙。例如童年的骷髏頭、成年的骷髏頭、老年的骷髏頭等等。

覺得她聰明得可怕的同時，某些地方又孩子氣得荒唐。

我無力地垂下肩膀對繆里說：

「想要傳說之劍的話，就去找存放完成品的山洞吧。」

繆里拿我沒轍似的聳肩後，視線從她打量許久的手臂往下一晃，突然大叫：

「討厭啦你，又牽我的手！」

說那麼多傳說之劍的事難道就不孩子氣嗎？只能說繆里心中自有一個大人的基準。我無奈地看著甩開手的繆里。

如此這般，我們來到歷史悠久的勞茲本中稱為舊城區的一隅，以曾用來裝卸小麥的倉庫改造而成的建築。

由於原來用途是保存貴重的糧食，結構方正剛勁，沒有半點玩心。

如今以這屋子作城寨的大富商，名叫伊弗。

「諾德斯通？」

「是的，我想您應該有所耳聞。」

這個曾用來裝卸小麥的舊倉庫原先瀕臨河口，可是泥沙長年淤積之後再也停不了船，便將港埠功能整個轉移到對岸的新城區去。

這裡如今十分閑靜，居民可以望著對岸的熙攘人群，聽著海鳥啼鳴悠悠地品嘗美酒。

「我當然知道，不就是掌管溫菲爾王國少數小麥主要產地的家族嗎？我們家也跟他們做了很久的生意。」

「其實我從海蘭殿下那接了一個跟他們有關的特殊工作。」

躺在椅背向後深倒的椅子上，喝著葡萄酒辦公的伊弗慵懶地往我看。

「也沒什麼地方比那裡更可疑的了。」

「您也知道那個謠言嗎？」

伊弗輕哼一聲，將手上的羊皮紙交給服侍在側的沙國少女。

「你是要去抓異端嗎？」

黎明樞機和諾德斯通擺在一起，教人不這麼想也難。

「我們是要去抓航向西方大海盡頭的幽靈船啦！」

繆里蹦出來插嘴，伊弗臉上出現鮮有的訝異。

並在注意到一旁無言的我後酸溜溜地笑。

「我看你有得累了。」

「伊弗小姐，能不能也幫我說說她？幽靈船根本就只是迷信而已。」

海蘭說過，有港的地方就免不了有一兩個幽靈船傳說。身經百戰的貿易商伊弗肯定是早就聽膩了。

而且志在新大陸的伊蕾妮雅也在伊弗的商行替她採購羊毛。謹慎的伊弗一定會先調查伊蕾妮雅說法的真偽，所以她其實早就知道海蘭說的諾德斯通就是那個傳聞的來源了吧。

可是她在起身從陽台回房的路上，與繆里錯身時用力摸摸她的頭，如此說道：

「伊蕾妮雅熱衷的新大陸我是不曉得，不過我自己是真的在起濃霧的時候遇過沒有半個人，在海上盲目漂盪的幽靈船喔。」

繆里的狼耳當場跳了出來。

「別急，細節進去再說。」

繆里像隻小狗一樣跟著伊弗進房去。服侍伊弗的沙國少女，對站在房間與陽台之間的我淡淡一笑。

難道幽靈船是實際存在嗎？

伊弗坐在長桌邊，撥撥海風稍微吹亂的瀏海，伸手要我在對面坐下。

今天也穿金戴銀的沙國少女，捧來裝滿黑色果乾的盤子。

「最近有批上好的椰棗，泡熱牛奶吃很棒喔。」

隨後桌上就多了個裝熱牛奶的木酒杯，服務真周到。

「剛說到幽靈船是吧。」

椰棗甜得繆里直搖尾巴，可是一聽到幽靈船就立刻豎直了耳朵背脊。

「伊弗姊姊有親眼看過嘛？所以是真的存在對不對？」

伊弗勾唇一笑，自己也咬一口椰棗。

「我只是說，我在濃霧裡見過一艘沒有人的船而已。」

繆里皺眉瞪過去，沒喝牛奶的伊弗接下葡萄酒啜飲一口。

「然而，船上的樣子很不尋常。」

深琉璃色的液體，使伊弗的唇魅光蕩漾。

「那時正好也是這個時節。諾德斯通家腳下的土地，港都拉波涅爾外邊的海上，在洋流影響下容易起霧。那天的霧啊，真的是特別地濃。」

繆里動也不動地盯著伊弗看，連椰棗都忘記啃了。

「濃到像在牛奶裡游泳一樣，在左舷都看不到右舷的船員長啥樣了。可是說也奇怪，這種時候聲音特別清楚。從一個不太對勁的方向，傳來木頭的嘎吱聲。」

我跟著想像自己在瀰漫乳白濃霧的甲板上，聽見木頭「嘎……嘎……」地響。在場船員也一定都是這樣停止動作，豎起耳朵聽這聲音吧。

「既然霧都濃到看不見海面，海上當然是無風無浪。但就在這種狀況下，那艘船冷不防從霧裡冒了出來。」

我甚至有烏黑的椰棗從酒杯底浮上來的錯覺。

「那是艘還算大的商船，可是沒掛商行的旗子，甲板上也沒有半個人。更奇怪的是，船槳根本沒在動。」

船無風而走，又能聽到木頭嘎吱聲，會認為有人在划船也是理所當然。

「叫了也沒人回，好像漫無目的亂漂一樣。最後船頭撞到我們的右舷而停下，我們這才回過神來，大罵怎麼撞船了還不出來道歉，但船上還是一點動靜也沒有。眼看這樣不是辦法，我們就拋出鉤繩把船定住，架梯子爬過去。」

若是在街上看戲，繆里吞口水的聲音就是轉場的信號了。

「結果樣子很不對勁。甲板上像是正在打掃，刷子和保養到一半的繩索就攤在那裡，可是到處都沒有人的動靜，怎麼喊都沒人回答。」

繆里握緊了手，前傾著身子等她講下去。

「於是我們進到船艙裡，發現爐裡還有燒紅的炭，早餐用的大湯鍋煮得咕咕響，周圍擺著一堆東西沒吃完的木盤，船員通鋪的被子裡甚至還留有餘溫。問題就是——」

一個人也沒有。伊弗壓低聲音說。

「不管哪裡，都找不到人。明明整艘船都是前不久還有人在的痕跡。」

繆里不知何時抓住了我的衣襬，表情繃得像是噎著了似的。

說不定愛聽勇者大戰骷髏兵的她，也一樣會怕這類故事。

但有個問題我非問不可。

「伊弗小姐，您是真的見過這樣的船？」

我不認為伊弗會撒這種謊，但實在不敢相信的情緒仍將這句話從喉嚨裡推了出來。

而伊弗就是在等這種反應般突然露出笑容，喝一口葡萄酒。

「真的啊。不過呢，這都是能解釋的。」

「咦？」

「一開始連我都心裡發毛，那些老練的船員也一樣。事情就是這麼碰巧。」

完全不懂怎麼回事的我，不由得看看身旁的繆里。

解謎可是這銀狼的拿手好戲。

然而繆里也一臉疑惑地抬頭看著我。

「不僅是諾德斯通家這邊，幽靈船的故事，大多是發生在起濃霧的平靜海面上，而這是有原因的。」

「……我還是想不透。」

總會嚴格地說我豬腦袋的繆里也深深點頭同意。

「海盜啦。」

真是令人意外的答案。

「船上沒有人，是因為被海盜洗劫了。商船為了省錢，不會僱滿槳手，在風平浪靜的海上是絕佳的目標，而且濃霧還能隱藏獵人的身影。」

「那、那船上的人怎麼會不見？」

伊弗優雅地回答繆里的問題。

「船員不是被綁去討贖金，就是準備當奴隸賣掉，或是丟在附近的小島上。而且商船因為裝滿貨物特別笨重，海盜的小船拖不動，所以把高價的小型貨物搶走以後就任它在海上漂。碰巧遇到它的人被這個奇怪的狀況嚇壞了，就編出幽靈船的故事。」

這解釋的確全都很合理。

「那麼諾德斯通家的幽靈船也是這樣？」

「是啊，幾乎是這樣吧？」

「幾乎？」

我不解地又問，而伊弗的表情和先前不太一樣，有點糾結。

「是有些，這個，鄉野異聞。」

伊弗是個很實際的商人，會因為羊的化身伊蕾妮雅適合採購羊毛就起用她，這樣的反應很讓人意外。

「難道那是王國記錄有案的事？」

「我也不是那麼清楚……喂，亞茲！」

伊弗往房間另一頭的走廊喊人，只見門悄然開啟，一個眼神銳利，似乎寡默少言的青年進房裡來。他是伊弗身邊的護衛，我在這屋裡見過好幾次。他也看過繆里變狼的樣子，不會因為有個露出狼耳狼尾的女孩在啃椰棗就大驚小怪。

「你是在諾德斯通的領地那邊做買賣吧？對那裡的誇張傳聞清楚嗎？」

「……很抱歉，略有耳聞而已。」

「有留下紀錄的幽靈船，是在暴風雨當中沖上岸還是怎樣沒錯吧？」

「是的，這我有聽說過。」

繆里沒等這對主從說完就插嘴：

「這表示有證據說那是幽靈船嗎？比如說……上面有骷髏兵之類的？」

伊弗和喚作亞茲的青年笑也沒笑，兩人互看一眼後由亞茲作答。

「既然兩位要到當地去調查，事先被錯誤消息蒙蔽耳目可就不好了。」

看來他是個辦得到就說辦得到，辦不到就說辦不到，分得很清楚的人。接著他又補充道：

「老闆，靠港的船上應該有一個來自那裡的船員，他應該能說得更正確、更詳細才對。」

伊弗看看亞茲再轉過來說：

「你們也是打算找我打點下拉波涅爾的船吧？」

勞茲本和拉波涅爾都是港都，走海路比其他方式快得多。

若選擇陸路，海蘭也能幫忙安排，但海路就只能靠商人。

「不會不方便的話。」

「那正好，我就把那個船員在的船租下來好了。我們採購的東西也差不多要往南送了。」

說到這裡，伊弗手拈起下巴。
「可是說到這拉波涅爾嘛……」
「怎麼了？」
伊弗跟著露出狼一般的笑。
「如果抓住那裡領主的把柄，他就能出貨給我了吧？我可以高價收購喔。」
諾德斯通所治理的領地，是溫菲爾王國小麥數一數二的主要產地。
勒索他們肯定能賺很多錢。
「那位領主是為了證明自己的清白才請我們去的。」
「哼，會跳起來喊掃蕩賊寇的守衛隊長，通常就是那些賊的地下頭子。」
繆里聽得咯咯笑，我嘆氣解釋：
「紐希拉的溫泉旅館也是。要是有哪家的蜂蜜甕不見了，最熱心幫忙的八成是犯人。」
那是繆里年幼時，整天動些幼稚歪腦筋的那幾年的事。
現在已經長大到可以當騎士的繆里繃著嘴角，往我肩膀搧了一掌。
「在我看來，諾德斯通那些謠言也都是嫉妒他靠種麥致富的人在傳的啦。」
伊弗無憑無據地臆測。
「不過呢，要是打聽到誇張得不得了的鄉野異聞，倒也滿有趣的。」

「怎麼會有趣呢。」

海蘭擔心諾德斯通家的謠言若被人炒作，會撼動國內小麥市場。伊弗等看戲般賊笑，怎麼看都是個想在問題領地拍出來的灰塵裡點火，藉此大賺一筆的黑心商人。

看到火堆會高興的，還有小孩子。

「是真的有幽靈船吧？上面有骷髏兵吧？」

繆里滿眼星光地說著這種傻話。

「可是——」

伊弗要亞茲退下並深靠椅背，十指在肚子上交叉。

「海蘭怎麼會派你們去辦這麼無聊的事？和教會的戰況怎麼樣了？」

伊弗的商行在王國和大陸都紮根頗深，一旦開戰選哪邊都能作生意，自然會關心這件事。

我們前不久才破壞她刻意挑起戰端的陰謀而已。

「王國重點領地的領主為那些謠言傷透了腦筋，這趟任務其實很重要的。」

伊弗不屑地哼笑。

「你的聖經就快翻譯完了吧？名氣都這麼高了，不如到大陸去遊說怎麼樣。把那裡的權貴弄得雞飛狗跳，一定會更有意思。」

「大陸啊……那就順便去找傳說之劍吧？」

聽見繆里的多嘴感到無力的我，對伊弗說：
「我希望王國和教會的紛爭能夠和平收場，不會贊成妳那種目的的。」
伊弗很失望地哼一聲。
「想讓它和平收場是無所謂，不過辦和解儀式的時候，一定要指定我們商行來籌備喔。」
看來不管是什麼狀況，她都有利可圖。
那韌性實在教人既唏噓又欽佩。這時，我忽然有個問題想請教這位滴水不漏的伊弗。
「那麼就您看來，這場紛爭是怎麼回事？」
「嗯？」
伊弗伸手拿椰棗之餘往我看。
我對這場紛爭雖有自己的想法，但我的眼光畢竟有限，繆里大概也差不了多少。不過這位冷酷的稀世大商人，說不定會有我們想也想不到的解決辦法。
「就我來看，只要教會認錯，這場紛爭馬上就會結束。只是教會完全沒有這種意思，狀況陷入膠著。」
「哼。」
伊弗的輕笑，不知是來自我的看法，還是繆里吃完椰棗而往伊弗那盤伸手，把她啪一聲打回去的優越感。

「教會認錯啊？」

既然她這麼說，應該是前者了。

我單純地感到不解。

「不是這樣嗎？」

「這是觀點的問題。不像幽靈船那樣就是了。」

伊弗喝一口葡萄酒，手擺上桌的同時食指用力敲一下。

「這場紛爭的開端是什一稅吧？」

「是這樣沒錯。」

那是為對抗異教徒而徵集的稅目，可是戰爭早在十年前就結束了。

「王國認為戰爭早已結束，沒有道理課這個稅是吧。」

「是的。」

事情非常單純。

「錯就錯在這了。」

我完全無法理解。只有我不懂嗎？往身旁繆里一看，發現她對這類話題根本沒興趣，只盯著伊弗手邊的椰棗看。

「問題不在非黑即白的道理上，而是更泥濘的感情問題。」

「感情？」

說信仰就算了，我實在想不到王國與教會的紛爭會扯到感情問題。

「什一稅是為了對抗議異教徒而徵收，獲得世界各國的呼應，把這筆戰爭資金獻給教會。那麼軍隊的主體是誰？是教會吧。」

遵從神之教誨的人們，都會聚於教會徽記之下。

「然後經過多年的抗戰，儘管最後變得愛打不打的，戰爭還是大約在十年前結束了。結果是教會方大勝。」

當然還有不少地方仍留有根植已久的異教風習，但從各地聚集而來的異教徒勢力已經不復存在了。

「所以說，若問這場戰爭的最大功勞要歸給誰，他們會說是教會吧。」

如果用線把點串起來，應該是會有這種結論沒錯。

這時，依然死盯著伊弗那盤椰棗的繆里說話了。

「我懂了，他們是把稅金當獎品嗎？」

「你這作哥哥的真應該多向她看齊。」

我還是完全不懂伊弗在笑什麼。

「大哥哥這樣就行了啦，我會保護他的。」

「對喔，妳最近變成騎士了嘛。送妳當賀禮。」

伊弗只拿一顆椰棗到繆里的盤子裡。

「那麼……獎品是什麼意思？」

繆里很不滿意地一口吃掉分來的椰棗，回答：

「就是那個意思啊。人家帶頭打仗還打贏了，世界從此和平，是誰的功勞？打仗的人的功勞啊。所以說……稅金是獎品啦！」

繆里邊說邊往椰棗伸手，但每一次都被伊弗打回來。我想回話，卻理不出半句，嘴巴半張著動不了。因為這種事我連一次也沒想過。

「總之就是酬勞的問題。」

成功從繆里手中護住椰棗的伊弗得意地笑。

「教會認為，稅金是贏家應得的。而事實上，他們也不斷派人到愛冒險的商人也不會去的地方蓋教會，並付出不小的犧牲來維持，藉此擴展信仰的領域。滿桌葡萄酒和醃肉的，只是教會的一小面而已。」

這我懂。前往北方群島地區時，在不知信仰異教還正教的人們圍繞下，能見到教會的旗幟在空中飄揚不知有多麼教人安心。

我這時代的人都這麼想了，在以前的影響肯定是更為巨大。

「可是後來，不過是一小部分勢力的溫菲爾王國開始主張戰爭已經結束，沒必要再付錢。教會當然是笑不出來，認為那分明是無視於他們這麼多年來的辛苦耕耘。」

教會的聖職人員名簿上，想必是記載了真的數也數不清的殉教徒。從教會立場來看，我可以理解伊弗的說法。

「此外還有一個問題，你前不久也才遇到而已。」

「問題？」

「就是聖庫爾澤騎士團啊。那位小姐不是很迷嗎？」

騎士團一詞似乎使繆里想起自己的身分，連忙端正姿勢。

「這場對抗異教徒的戰爭不是打了很多年嗎？這就表示，會有很多人和物資會因為戰爭而流動。為了打倒異教徒，傳教的聖職人員會在雪花滿天的荒野裡蓋小屋，在那裡咬牙苦撐，同時會有旅行商人負責定期送物資過去。還有很多人像聖庫爾澤騎士團這樣每天揮汗鍛鍊，整束裝備前往戰場，且背後還有更多支撐他們所需的人。」

在我懂事以後，戰況已經底定，北伐變成了貴族的例行公事，但我還依稀記得當時的社會氛圍。我是出生在被教會踏平的土地上，記得雙方戰力是多麼懸殊。

不過那壓倒性的戰力並非平白無故就擺在哪裡，而是無數人努力的結果。

「戰爭結束以後，說書人是可以說聲可喜可賀就了事，但現實沒那麼容易。為戰爭而配置的人員和物資已經形成動線，有很多很多人因為這個源自戰爭的結構得以養家活口。」

「……」

我開始明白伊弗想說什麼了。

「事情還不只是這樣，你說教宗會怎麼想？他會想對下屬憑著一股年輕熱血而從導師的導師的導師那代堅守下來的前線教堂說『戰爭結束了，沒你們的事了，下個月沒有補給了』嗎？會因為戰爭結束，就對那些全心全意鍛鍊自己，在戰場上失去無數弟兄的騎士說『沒有戰爭了，你們可以解散了』嗎？反了吧？應該要說『你們幹得好，這是應得的獎勵』才對啊。」

在這個與異教徒的戰爭結束，世界恢復和平的時代，聖庫爾澤騎士團不僅沒獲得獎勵，還因為成了累贅而失去捐助和活動資金，淪落到三餐不繼的慘況。

我看見騎士團的狀況，就為他們資金遭到剝奪而憤慨，沒想到背後會有些什麼狀況。或許是真的該多運用一些想像力才行。

畢竟教會也不是心甘情願削減騎士的活動資金的吧。

「若失去什一稅，他們就會被逼得不得不割捨為教會奮戰至今的人。而溫菲爾王國——」

伊弗稍停片刻才說——

「則聲稱那是不義之財，要求教會停止徵收。」

她說的這些，的確是觀點的問題沒錯。

「我也不是不懂王國為何那麼說。憑王國現在的收入，沒辦法餵飽每一個貴族。」

之前伊弗就是想幫助這些不滿的貴族，想藉撼動王國的情勢來獲利。

「王國是認為，與其為了一場打完的仗而把金幣送到大海另一邊，倒不如分給長年在這土地上並肩奮鬥的家臣吧。這個世界小得很，不是每個人都能躺成大字睡覺。」

有人伸長了手，就有人要把手縮起來。

聖庫爾澤騎士團的溫特夏和羅茲他們，就是受到這種狀況的擠壓。

王國這邊也有許多因無法繼承家業而不滿的貴族集團。

王國和教會，都有著結構類似的問題。

「而且這類紛爭的麻煩之處，就在於一旦開始就不能臨時喊停。」

伊弗捧起葡萄酒喝一口。

「像你這樣的大好人，是覺得雙方各讓一步，晚餐少吃一道菜就擠得出錢了吧。喔不，應該說教會認錯就行了。」

她每一個字，都讓我為自己眼光狹隘感到難堪。

但我很清楚，她在替我上非常重要的一課。

「試著運用你的想像力吧。在這種爭執上讓步，等於是要求同伴犧牲報酬。上位者能說這種話嗎？那些家族都和王家並肩奮鬥了好幾個世代，一旦戰爭爆發，還得把背後交給他們呢。想說出那種話，得有個說服力夠強的理由才行。就算知道和敵人爭執下去沒有意義，也不應該去說服敵人停戰，要說服的是自己人才對。」

伊弗說過事情和道理無關，而是感情問題。

若以商人的方式來想，為廢除什一稅而付出高過這稅金的代價是一件可笑的事。而教會實際上也停止了聖務，寧願讓幾乎所有教堂緊閉門戶而失去來自人民的龐大捐獻，也要持續這可笑的抵抗。

這全是出於更高過道理或算盤的，感情問題。

「那您是說……王國和教會的這場紛爭，很難解決了嗎？」

結論自然是如此。

為使臣子富強，統治者採取的手段往往是搶奪鄰國的土地。換言之，這場紛爭也得經過戰爭才能看見結果。

冰冷的結論讓我說不出話來。因為這讓我發現，期盼能有個又快又穩的解決辦法，以盡可能減少被這場紛爭耍弄的人，是多麼天真愚昧的想法。

「所以呢……對喔，這次任務對你們來說或許是個好消息。」

話裡的字眼，給了我在麵包裡吃到小石子的感覺。

哪裡算好消息。當我半含怒火地往伊弗瞪時，繆里「啊！」了一聲。

「妳是說新大陸吧？」

「咦？」

繆里在這時提到新大陸就夠我詫異的了，那居然還得到了伊弗的同意。

「沒錯，就是我們家伊蕾妮雅熱衷的那個。萬一新大陸真的存在，會怎麼樣？」

「呃……這樣問我，我也……」

完全沒有頭緒。繆里是認為獵月熊到了那裡去，而伊蕾妮雅他們想在那裡建立只屬於非人之人的國家……想到這裡，我注意到一件事。

只屬於非人之人的國家。

之所以能建立這樣的國家，是因為「那塊土地仍是白紙一張，不屬於任何人」。

「王國和教會的紛爭，就像這個盤子一樣。」

伊弗將盛裝椰棗的盤子左移右晃，閃避繆里的賊手。這時沙國少女笑咪咪地在她面前擺出另一盤椰棗。

「若有人為了分配不均而僵持不下，『替他們找個能一起追的獵物就得了』。這樣兩邊都有放下武器的藉口。」

也就是與其為房間狹窄而爭吵，不如都帶到寬敞土地蓋個新家就解決了。

「我不是說過，要是打聽到誇張得不得了的鄉野異聞會很有趣嗎？」

我愣在當場，回不了話。

這麼說來，海蘭託我辦的這件事絕不是無聊的跑腿。

遭幽靈船和鍊金術師等謠言纏身的前任領主，曾經進宮募集尋找新大陸的資金。倘若他這樣的行動有可靠依據，倘若新大陸確實存在，就很可能成為解決這場紛爭的突破口。

「海蘭她也許是看透了這點才把這件事交給你們的。要是真能成功替王國和教會的紛爭解套，這功勞將使她一躍成為溫菲爾之花呢。她也很有腦袋嘛。」

難到她真的對我有那麼大的期待嗎？這麼想時，繆里插嘴了。

「咦～這難說喔。」

繆里聳聳肩表示懷疑。

「那個金毛比較像是為了我才找這件事給我們做的耶。」

我很想說怎麼可能，但我也有注意到海蘭在誇張描述諾德斯通家時偷瞄了繆里好幾次。

「妳自己也很高興吧？」

「嗯，因為跟冒險故事一樣嘛！」

假如海蘭的目的是逗繆里開心，那她已充分達成目的了。相反地，我感到伊弗話中的希望正在萎縮。

因為從海蘭的反應看來，她根本就不相信諾德斯通家那些謠言和前任領主所追尋的新大陸。

「其實我也很懷疑新大陸是否存在，但若真的存在，那肯定是派得上用場。」

可能是錯覺吧，伊弗的語氣似乎多了那麼點溫柔。或許是想到王國與教會之爭有望解決時的我，興奮到讓她有這種變化。

話說回來，讓繆里追得那麼投入，甚至猜想獵月熊就在那裡的新大陸，如今居然成了解決現實問題的關鍵，感覺就像在現實中發現夢裡的圖畫那麼奇妙。

這時，我發現繆里得意洋洋地看著我。

「大哥哥，你好像也開始明白新大陸有多重要了呢。」

無論是這句話還是她「聽我的準沒錯」的臉，我都無法否定。

因為希望新大陸存在的強烈企盼，也在我心中萌芽了。

「啊，可是這樣也……不太好？」

繆里啃著新上桌的椰棗說：

「我和伊蕾妮雅姊姊要在那裡建立新國度嘛。要是大哥哥帶了不相干的人過去，不就毀了嗎？」

若是王國和教會派船過去，的確是與她們的目的相衝突，但我相信伊蕾妮雅會反過來利用這一點。

「伊蕾妮雅不是相信王國在尋找新大陸嗎，那麼她應該想過，怎麼在找出新大陸以後排除掉王國吧？」

其實她還滿壞心眼的喔。伊弗如此補充。

一頭蓬鬆黑髮引人注目，外表和善的伊蕾妮雅也有火爆且倔強等教人意外的一面。從黃金羊哈斯金斯的話也能感受到這點。

「應該是吧。既然那裡很遠很遠，對我們比較有利。」

我們這也有一頭現實程度不遜於伊弗的狼。

人類光是想打倒需要仰望的巨羊，和獵物遠在三個山頭外都抓得到的狼，就需要為數不小的軍隊，而且援軍還得從大海的遙遠彼岸送過來。再加上繆里還認識大到像座島的鯨魚，人類想送援軍過去簡直難如登天。

這麼一來，伊蕾妮雅她們想憑藉自己的力量掌握新大陸主導權也不無可能，問題就只有可能在古代就渡海過去的獵月熊吧。

突然間，我發現自己在想這種事而一陣暈眩。

有種夢幻與現實混成一團的感覺。

「呵呵，精靈時代復辟這種事，就是要西海盡頭的大陸這種大夢才匹配。和規模這麼大的事相比，王國和教會的紛爭根本是小孩吵架。」

「才不是夢呢！」

伊弗對繆里聳聳肩。

「無論如何，對我這個微不足道的商人來說，只是又多了個協助你們的理由罷了。」

一旦新大陸的存在為世人所知，不僅是繆里他們這樣的非人之人，連王國與教會之間席捲全世界的大問題，都能找到解套的辦法。

伊弗的口吻如此輕佻，是因為她理所當然地認為新大陸不可能存在，而我的理性也支持這個想法。

在我心裡，該如何面對這個話題就像在船上用天平一樣。

繆里在沉醉於幻想世界的同時，也能敏銳地遊走在現實世界之中，說不定她其實比我想像中要厲害得多了。

然而諾德斯通是憑著什麼樣的依據來追尋新大陸，也要到那裡才會知道。被各種問題帶得暈頭轉向的我覺得好累，也咬一口椰棗。

濃烈的甜味滿嘴瀰漫，鬆弛緊繃的心。

「大哥哥大哥哥。」

稍喘一口氣時，繆里向我搭話。

「西方大陸也會有椰棗嗎？」

居然把我都難以面對的新大陸話題，帶到這麼淺顯的食慾上。

無論是好是壞，繆里的厚臉皮都讓我洩光了氣，不禁失笑。

伊弗的想法，給海蘭的委託增添了意想不到的重量。我並不想去確定海蘭是否也期待新大陸存在，假如她真如伊弗所言看透了這點卻沒對我講明，一定有她的理由在。不然就是單純認為新大陸這檔事在現階段太過荒誕無稽，不足以認真談論。

我只要做好她交待的工作，伺機探尋其中新大陸的蛛絲馬跡即可。

假如新大陸真的存在，再提出來討論就行了。

我在心中替這件事找出了這樣的結論。

繆里所主張的獵月熊之存在，和伊蕾妮雅那邊的目的與手段，目前都只是寫在沙上的旅行計畫。首先得確定目的地究竟存不存在才有得談。

另一方面，繆里像是單純因為我對新大陸開始感興趣而高興，吵著要我去看勞茲本市政廳書庫的這本書或那本書。仔細想想，我想對繆里傳授神的教誨時差不多也是這副德性，不禁反省了一下。

到了海蘭託我們辦這件事的第三天，我們前往港口。

伊弗的商行有艘船在勞茲本載滿了貨要送往南方，能順道載我們到諾德斯通家領地最大的港都拉波涅爾。

出航這天，我們隨大教堂的鐘聲起床作準備，在早晨的清爽空氣中踏上棧橋，伊弗已經在那大小聲地指揮搬運工裝貨。

她一見到我們就說：

「哎呀呀，你們真的要到那去啊？要是踏上諾德斯通那塊受詛咒的領地，不曉得會發生什麼事喔？」

那故意到不行的輕薄口吻，讓繆里的眼睛比旭日還亮。

「求之不得啦！」

「伊弗小姐……」

昨晚繆里在夢裡揮劍斬惡，一整夜嘿嘿呀呀夢話不斷，害我睡眠不足。伊弗被我抗議意味濃厚的語氣逗笑，又說：

「不過騎士是少不了降妖伏魔的，是吧？」

「那當然！」

她這樣慫恿野丫頭繆里，是因為繆里的狼鼻子說不定不只能聞出新大陸，還能發現諾德斯通家的醜聞，讓她有機會把腳伸進去賺一筆吧。

照常對伊弗既欽佩又無奈時，另一道沉穩的聲音介入我們之間。

「傳聞就只是傳聞。我相信你們能夠揭開真相。」

相較於伊弗這個慫恿小女孩的惡魔，特地來送行的海蘭就像是理性的天使了。

「小心亂打草，反而被大蛇咬一口喔。」

伊弗話中有話，但我選擇忽視。

「我們只是去問個話而已。再說，您自己不也說諾德斯通家的謠言，都是嫉妒他們賺大錢的人編出來的嗎？」

伊弗聳肩打哈哈，繼續指揮工人搬運剩餘貨物。

「真是的……」

這時繆里對傻眼的我小聲說：

「我是滿希望能打到大蛇的啦。」

被我瞪一眼，她就學伊弗那樣轉向一邊去。為她完全被伊弗帶壞而嘆氣時，換海蘭開口了。

「話說，真的不用派護衛給你們嗎？」

若說伊弗是壞姊姊，海蘭就是愛操心的姊姊了。

「沒問題！大哥哥交給我就行了。」

繆里挺胸抓起我的手，話裡有一半是真心話，一半是場面話。

當海蘭告訴我們諾德斯通家的事時，我第一個想到的是非人之人的涉入。仔細想想，鍊金術師這可疑的角色或許就是用來掩飾身分。

如此一來，很可能遇上不適合讓一般人知道的事。為確保行動自由，我們只好鄭重謝絕海蘭的好意。

即使不談這點，這趟任務也只是乘船南下，到諾德斯通領地的港都問問話就回去而已。太依賴海蘭不太好，在伊弗那屋子替我們回答問題的亞茲也會上船當嚮導，應該已經足夠。

愛操心的海蘭仍放不下心，但看似船長的人已經開始吆喝船員們上船了。

散布在棧橋上的船員們紛紛踏過登船板上甲板去。

「那我就到處去打聽消息，回來告訴您諾德斯通家的真相。」

「等你帶足以抵船資的小道消息回來喔，告訴我什麼東西好賣也行。」

「那可以用伊弗姊姊的名義賒帳買東西嗎？利潤折半這樣！」

海蘭強忍著些什麼似的看繆里和伊弗嬉鬧，卻又裝作不在意。看得我也緊張起來，考慮是不是該打斷她們，但繆里不會沒注意到海蘭的反應。

她忽一轉身，來到海蘭面前說：

「謝謝妳送我這把劍。惡魔敢來的話，我就用它保護大哥哥！」

繆里拍拍腰間的細劍說。那是不同於海蘭在禮拜堂所賜，與繆里體格相襯的細劍，鞘上同樣刻有狼紋。

海蘭原來就想在先前那把儀式用寶劍的鞘之後，另外送給她一把劍供平時使用。但是我一直反對繆里佩劍，她也不好意思硬來。

後來，儘管不會有什麼危險，她還是想以旅途防身的名義把劍交給繆里，我也就答應了。不是因為她是高貴的王家，而是不想糟蹋她對繆里的心意。

想當然耳，繆里樂得都抱住了海蘭。

「希望能在妳的冒險中幫上忙。」

海蘭這麼疼繆里，我也很高興。只是我向來堅持年輕女孩不該拿劍，所以繆里對海蘭露出滿面笑容後，還非常刻意地轉頭對我笑，而我只有嘴角抽搐的份。

「那我們去冒險一下就回來喔！」

繆里從甲板上揮手大喊，海蘭和伊弗也一起揮手告別。當出航前的激昂趨於平靜時，在船上到處探險的繆里回到船艙裡來。

「我請亞茲幫忙，在船上打聽了一些諾德……什麼的事情。」

她也不是勤快，單純是好奇得不得了吧。話說她母親賢狼也一樣，不太會記名字，想不到會在這種地方發現她們母女的共通點。

繆里坐在堆在船艙裡的羊毛袋上，報告成果。

「大致上跟伊弗姊姊他們聽說的一樣，完全沒人曉得新大陸的事。很可惜，恐怕金毛說得沒錯，那只是一小部分人聽過的流言。人家聽我問新大陸，就摸我的頭叫我別想那種一聽就知道是騙人的事，把我當小孩子。」

雖然她逐漸有騎士的自覺，但嘟嘴生悶氣的樣子的確會讓人很想摸頭呢。

「沒差，新大陸的事直接問那個諾德什麼的比較快吧。畢竟他認真追過金毛和伊弗姊姊都不相信的新大陸。」

這表示繆里也期待他握有某些線索吧。不知真相如何。

「妳覺得諾德斯通閣下掌握了些什麼嗎？」

在宅子裡，我不太好意思認真談論新大陸的事，可是搖擺的船上就彷彿處在夢幻與現實的交界，我便隨著那搖擺試著問問。

「嗯……就連在海底看過熊腳印的鯨魚歐塔姆爺爺都懷疑了，伊蕾妮雅姊姊問候鳥也不知道，那個諾德什麼的會有其他特殊線索的可能是不怎麼高啦。」

愛作夢的繆里也有冷靜的一面。即使諾德斯通是藉非人之人的幫助培育小麥，並以相同管道調查過位在西方盡頭的大陸，也不太可能擁有他人所不知的線索。

這麼說來，他也不是多麼肯定，就只是個有很多特異行為的人作了一場夢，而這個夢正好位在西海彼端的大陸嗎？

這麼想時，繆里看著我苦笑。

「怎麼了嗎？」

「嗯～？」

繆里稍微退後，縮起脖子說：

「聽大哥哥認真講這件事，感覺怪怪的。」

的確我之前都是屬於勸她少作夢的那邊。

「我沒有好臉色，是因為……不太希望妳去想獵月熊的事。」

鯨魚的化身歐塔姆，曾在海底發現向西方去的巨大生物足跡。那麼巨大的生物，除了獵月熊再也不會有第二個，而這頭熊血洗了繆里之母賢狼的時代，而繆里也將獵月熊當世仇那樣敵視。

「……關於這一點，我也稍微反省過了。」

繆里噘起嘴，尾巴神經質地搖。

「他殺了我們那麼多同伴，現在想起來我還是會生氣。可是這種時候，就應該想想伊弗姊姊的話。」

「伊弗小姐的話？」

繆里從船艙小窗仰望狹窄的天空，回答為那名字感到意外的我。

「獵月熊說不定也有他的苦衷嘛。因為熊的族人，現在比我們還要少。」

就連協助溫菲爾王國建國的傳說黃金羊哈斯金斯，都沒見過熊的化身。換言之，在那場精靈時代的戰鬥中，熊族明明獲得了壓倒性的勝利，卻看也沒看戰利品一眼就不知消失到哪裡去了。

在王國與教會的紛爭上，伊弗提供了我們截然不同的觀點。

以此類推，過去的那場大戰也會不會是某個無法避免的原因而導致的悲劇呢？這樣的思路，的確也有一試的價值。

同時，繆里沒有自我縮限視野，眼中不是只有仇恨的火焰。而是學會後退一步，替獵月熊思考，讓我不由得為她成長的足跡感動。

「看到妳變得這麼成熟，我好高興喔。」

「……什麼變得成熟，本來就很成熟！」

繆里在羊毛堆上盤起腿，不滿地大嘟嘴巴。

接著唏噓地嘆氣，以「然後呢」改變話題。

「雖然講新大陸的時候大家都笑我，可是講到幽靈船，他們都說得很嚴肅。」

據說這陣子也不時有人目擊，是船員都會關切的話題。

「其實他們也覺得那應該是被海盜襲擊的船隻啦，不過我有聽到一些不一樣的喔。」

「不一樣的？」

「嗯。有的人曾經想把那種船拖走，可是不管怎麼綁，繩結都會散掉。你也看過甲板上那種粗繩是怎麼綁的吧？那絕對不是靠蠻力可以拆開的。而且大多時候，船上明明沒有人，想靠過去的時候還會突然改變路線，又消失在濃霧裡，連一艘都拖不回港裡呢。所以人家說，幽靈船會永遠在濃霧裡遊蕩。」

「編故事的都會這樣說呢，攤在陽光底下就再也不神祕了。」

我忍不住說出現實角度的評語，並注意到繆里掃興的視線。

「……大哥哥會對新大陸感興趣，是因為能拿來想吧。」

我懂她的意思，但個性這種事我也沒辦法。

再說無論新大陸還是幽靈船，我都不是因為好玩才查的。

「可、可是幽靈船有在王國留下紀錄的吧？那部分有什麼消息嗎？」

記得這船上有個來自諾德斯通領土的船員。

聽我這麼說，繆里才恢復神采。

「我有找到那個船員，而且他當時還在現場喔！」

繆里的紅眼睛光輝燦爛，笑嘻嘻地露出一口白牙。

「他說等晚上再告訴我。到時候頑固的大哥哥也不得不相信了吧。」

這應該是另一個問題，但我放棄抵抗了。

況且幽靈船實際存在這種事，和西方大海盡頭有另一塊大陸一樣難以置信。

「不過，我倒是很好奇那會是什麼樣的故事。」

諾德斯通家，遭到許多奇異的謠言糾纏。

其中一角，就要揭曉了。

「那時候，我的頭髮還黑得跟什麼一樣呢。」

頭髮白如鹽柱，剃得短短的船員，用他石雕般粗糙的手摸著他全白的頭。他的右眼皮上有道據說是對抗海盜時留下的大刀疤，表情睡意濃厚。這位名叫西蒙斯的老練船員盤坐在甲板上，有如被海風磨圓的巨岩。

外表寡言、壯碩，相信無論遇上任何暴風都不動如山，十二分地做好他身為船員的工作。是個讓人一眼就認為不會隨便說謊的人。

離開勞茲本的第一個夜晚，船駛進了有個小港的河口。船員和乘客留下幾個看船就上了岸，在面海的小酒館飲酒作樂。亞茲雖是我們的護衛，同時也是波倫商行的商人，也和其他商人上岸談生意了。

該說是多虧於此嗎，我們得以遠眺著酒宴的騷擾，在灑滿月光的甲板上聽西蒙斯說故事。

「我來自諾德斯通家領地的一個小村子，當時是跑了幾年船之後難得回家一趟。季節嘛，就是這個時候。時不時就會遇上冬天尾勁的暴風雨，一點也疏忽不得。那天也是一樣，從傍晚就有滿滿暴風雨的味道從海上吹過來。」

他含糊的發音和不時喝口蒸餾酒的模樣，感覺不好相處。可是面對聽得津津有味的繆里，他的眼神十分溫柔。聽說他在故鄉有四個女兒。

「不曉得你們知不知道……暴風雨的夜晚，沿海的村子都會派人站崗。這是因為只要有船擱淺，當地的居民就有責任保護他們。當然，難免有些心術不正的人想搶這些海上飄來的肥羊，但我們的任務主要還是收容漂上岸的人。」

「我們前不久也在北海那邊遇上這種事呢。」

那可是有流冰的夜海。

不想回憶這件事的我曖昧一笑，看得西蒙斯眨了眨眼睛。

「那真是倒楣啊。那邊現在都還是冬天吧，在冬天落海的很少能活下來。」

「你知道黑聖母嗎？我們是被她的奇蹟救活的。」

黑聖母是北海的傳說，有點異端的味道。我本想沒必要特別說出來，但臨時發現繆里是刻意表現得迷信，讓西蒙斯更容易說出幽靈船的事。如果現在不配合她，等等就要被銀狼臭罵了。

「我們在北方群島地區落海之後，漂流到一個蓋在小礁岩的修道庵。這一定是神和黑聖母的指引，死裡逃生就是這麼回事吧。」

我盡可能說得很嚴肅，西蒙斯深深頷首。

「我懂，海上什麼事都有。不管是好事，還是壞事。」

他沙沙搔頭，仰望夜空說：

「那天晚上，黑雲用快得嚇人的速度湧過來。像那種天氣，一般水手早就乖乖躲進港裡了。要是被風和海流困住，有時候還得眼睜睜看著陸地過夜。尤其是諾德斯通家的領地海岸線比較複雜，隨便往岸邊靠很容易觸礁。」

「這樣啊……那這艘船沒問題嗎？沒問題吧？」

「船上有很多比我還老練的水手，而且載的幾乎全是波倫商行的貨，付款爽快的商行很少沉船的。」

西蒙斯能說得這麼輕鬆，不只是因為繆里容易讓人放下戒心，還要加上亞茲的介紹，和我們裝成與伊弗有生意往來的商行人員吧。要是我自稱黎明樞機，幽靈船他恐怕一個字也不會提。

「後來開始下雨，風愈來愈強，海浪像巨人的步伐一樣拍得地面都一震一震的。在這種時候，我們發現了一艘完全失去控制的船在海上翻來覆去。」

「那時候就看出是幽靈船了嗎？」

西蒙斯回憶當時情境般閉上雙眼。

「我接到消息，跟村人一起趕到海邊看狀況的印象是……沒錯，明明是艘很好的船，舵卻掌

得亂七八糟。」

他開始描述在狂風推擠，與足以蓋過甲板的大浪拍襲下，船會悽慘成什麼樣子。所謂技術高超的水手，指的並不是能夠突破狂風暴雨的人，而是掌舵如神，能事先避開的人，繆里聽得是如痴如醉。

「發現遇難船之後，馬上就有人趕去通知地方官。同時有人跑去教堂，把還沒睡醒的老祭司給拉過來，村裡的女人也開始燒熱水。」

「燒熱水？」

見繆里歪頭發問，西蒙斯首度露出笑容。

像海鹽滲進眼裡似的，隱約有種哀愁的深沉笑容。

「他們帆都破了，整艘船又往船尾傾斜得很嚴重，顯然是進了很多水。沒沉下去只不過是上天保佑，饒他們一命罷了。像這種時候，女人要燒水，男人要用抹了油的大張皮革遮擋雨水，從家裡的灶拿燃燒的柴弄個火堆出來，好給等等跳船而急著想上岸的人指引方向。」

要是在黑漆漆的海面上見到遠處有火光，不曉得能給遇難者帶來多大的希望。在我那次，是銀色的繆里。

即使她調皮搗蛋又任性得很，在緊要關頭仍是可靠的騎士。

「可是不管我們怎麼等，都沒有一個人過來。」

西蒙斯隆起他厚實的背般吸氣，慢慢吐出。

「在那種風雨中半沉的船，總會有一兩個倒楣的小伙計掉到海裡漂過來。所以開始有人懷疑那不是航行中的船，而是從某個港口漂走的無人船。畢竟要是船真的沉了，人會被跟著拖進海裡去。一般而言在那種狀況下，不管海象再怎麼糟，水手都會賭那最後一點點希望跳船逃生，但是那晚……」

大海就只是默默地狂亂。

西蒙斯遙遠的目光，在今日也依然清晰地看著那時的一切，彷彿人就在現場。

「感覺很詭異。瘋狂翻滾的大海上，就只有一艘船漂在那裡。無論風和海浪怎麼拍打耳朵，我都覺得那晚靜得嚇人。」

若有跳船的人往岸上游動，一定會有人負責指示海岸方向，有人替他們打氣，有人把那些筋疲力竭的人拖上岸，大呼小叫忙得不可開交。

然而這些事全都沒發生，村人們就只是茫然站在岸上默望大海。代替燈塔用的火堆孱弱地飄搖，屋裡的開水派不上用場，咕嚕嚕空響。

如此一列菜式，足以讓人覺得事情不對勁了。

「就在地方官不情不願地冒雨趕來，還聽說船上一個人都沒有，罵完人想走的時候，一個村人在岸上發現了怪東西。」

能想像有個村人走近被浪花打上岸的那個東西。

「那東西在黑暗中顯得特別地白，所以他以為是一團團的羊毛。是沒錯，說羊毛倒還挺像的。」

「結果不是？」

西蒙斯沒點頭，而是縮起脖子。

彷彿他自己都懷疑當時的事是否發生過。

「都是人的骨頭啊。而且一堆又一堆地沖上岸，多到嚇死人了。」

夜裡的大海黑得像打翻墨水。這樣的黑暗，還吐出了一堆堆的人骨。

在風吹雨打中撿起來查看的村人，多半都以為自己在作惡夢吧。

「大部分的人都嚇得大叫，逃回村子去了。剩下的只有幾個漁夫和我這種水手。跑船久了，再不情願都會遇到一堆怪事，已經見怪不怪……可是逃命的村人就笑不出來了，畢竟有太多事能讓他們胡思亂想。」

被暴風雨的夜晚翻攪的船，怎麼等也等不到船員，等到的卻是一堆堆的人骨。

再怎麼虔誠的正教徒，都會忍不住往這想——

「我們就是從這時候開始猜想，那該不會是由死人掌舵，會永遠在暴風雨中遊蕩的幽靈船吧。若不是祭司叫我們鎮定，我們恐怕會在那傻站到天亮吧。」

西蒙斯說，經歷過戰爭時期的沉著老祭司率先入海撿拾那些人骨，後來他們那些其實是愛面子才沒跑的船員們才拍拍發抖的腿跟上。

怎麼撿也撿不完的人骨，終於在黎明時分清理乾淨。在教堂排開後赫然發現，那少說也有兩百人份。

「其中還有些顏色很深，好像年代特別久遠的，還有人猜那是船長的骨頭呢。」

西蒙斯腰彎得更低，是因為知道自己在講的事很不合常理吧。

「那麼，所謂在王國有留下紀錄的就是這整個過程？」

「是啊。如果是在船上見到，多半只會被當成海市蜃樓結案。可是我們人都在陸地上，出太陽以後那堆積如山的白骨也都還在眼前。而且那算是遇難船上的漂流物，有需要按照海岸線領地制訂的法律來處理。」

看樣子，這艘幽靈船的結局不是消失在濃霧中這麼搔不到癢處。

「可是，要保護漂流物和人員，歸還原處、原主這些海上規矩，遇到搞不好是骷髏掌舵的觸礁船就變得很難處理，因為根本沒人曉得領主要把東西還給誰。」

惡夢般的怪事，和現實糾結了起來。

感覺有點暈船，是因為甲板真的有些許晃動嗎？

「地方官的臉鐵青到在暴風雨的夜裡都看得出來。看他這樣還要騎馬去向領主報告，我都替他可憐了。要是誠實說出整個經過，卻被當作腦子有問題，那該怎麼辦才好。」

這世上可不是每個貴族都像海蘭那樣寬宏明理。

「不過他去報告之後，領主大爺還是來了？」

西蒙斯對繆里慢慢點頭。

「來的是現在已經退休的前任領主。有個好大的鷹鉤鼻，和一雙銳利的眼睛。」

這場怪事就是有官方文書紀錄，諾德斯通家藉幽靈船和冥界打交道的謠言根源。

但是到目前為止，我還是沒聽出哪裡值得給諾德斯通家造謠，領主只是碰巧遇到領地有艘怪船觸礁的事嘛。果然是故意找碴那類的嗎？

不僅是繆里，我也在等待西蒙斯說下去。

「見到諾德斯通領主騎馬趕到，村人都圍了上去，問他是不是神在降示世界末日就快到了。但領主絲毫不改其色，在祭司的帶領下進入教堂，對著排了滿地的人骨說——

——不用怕，以前也發生過類似的事。這全都是暴風雨吹來的髒空氣帶來的白日夢，在神的保佑下過幾天就會醒了。

我覺得根本是一派胡言，西蒙斯說著大口吸氣再吐出來。

當他抬起頭時，表情極為嚴肅。

「結果第二天早上，那些骨頭突然從教堂裡消失不見了。」

「……」

連繆里都啞口無言，一副不曉得該說什麼的臉。

「村子很小，如果是人搬的，馬上就會被人知道。可是那隨便都超過兩百人份的白骨，就像一陣煙一樣憑空消失了。說不定還真的是惡夢在神的保佑下散去了呢。又或者……」

繆里的喉嚨咕嚕一響。

「或者是骨頭自己走掉了？」

那些骨頭在夜半的教堂裡喀喀喀地移動，手腳一根根接起來，最後把自己的頭戴上去，走出教堂了。

繆里大概是想像了這種畫面，而西蒙斯正經的臉龐也像是在予以肯定。

人骨突然消失這種事，實在太荒唐。

但有件事我想先問問。

「那船的部分怎麼了，也同樣是一場夢嗎？」

西蒙斯呼出憋住的氣，回答：

「惡魔好像沒把觸礁的船帶走，就留在那裡。後來我們把它拖上了岸。」

幽靈船總算要攤在陽光底下了。從繆里眼睛瞪得那麼大看來，狼尾狼耳只差那麼點就要跳出來了。

「可是別說水手的屍體，就連貨也沒有，也沒有任何可以分辨船屬於誰的證據，就只剩一艘用木頭造的船而已。彷彿那個暴風雨的夜晚純粹是一場夢一樣。」

三人都陷入沉默，只有平淡的潮聲刷洗著輝映月光的甲板。

西蒙斯垂眼追憶當年，繆里咬住了一大塊肉似的，張著嘴說不出話。

先挪動身體開口的，是好不容易驅動理性的我。

「請問，領主不是說諾德斯通家領地以前也發生過類似的幽靈船事件嗎？難道那件事沒什麼人知道？」

當地若有那樣的駭人傳說，一見到白骨就會聯想到才對。

而且單就西蒙斯說話的感覺來看，發現遇難船隻的當下他也不曉得。

「對，當時誰也不知道這件事，所以都很驚訝。內陸村落就算了，但那應該也是發生在濱海村子裡。」

「是他隨便講講的嗎？」

西蒙斯搖頭回答繆里：

「我調查以後，發現當年我還只是個小孩子。那是戰亂時期已經結束，與異教徒的戰況逐漸激烈的年代。不是異教徒被教會趕走，就是正教徒被殺來警告教會，海上有裝滿屍體的船在漂都不奇怪。」

所以不怎麼引人注意。儘管有留下紀錄，卻沒有留在人們心裡吧。

「那艘幽靈船的骨頭也不見了嗎？」

話是繆里問的，西蒙斯卻不知為何往我看。

「這可能不太適合說給小孩子聽……」

「我才不是小孩子！」

說這種話活脫脫就是個小孩子，而西蒙斯像是想起了女兒，不禁莞爾。

「就請您告訴她吧。」

西蒙斯聳個肩，說道：

「船上有人打架的時候，一定會有人說『把你丟下去餵魚』。那麼亂的年代，才不會有人特地把陌生人的屍體帶上岸，花錢花時間埋起來。就算到了今天，準備棺材都不是容易的事。」

也就是難以處理，只好丟進海裡的意思。

然後為了掩飾，就謊稱一切都突然消失了。

「把戰爭犧牲者漂上岸的屍體丟回去餵魚這種事，總不能老實記載下來，所以就編出幽靈的故事，又說不定當時的人拋棄了船上少數幾個倖存者。所以說漂上岸的骨頭不見了，可能是為了盡可能掩飾戰亂時期的悽慘故事吧。」

反正沒人活著，就把漂上岸的屍體當作被神接上天了。

這就是以血洗血的恐怖時代會發生的事。

「而且發生海難的那年，漁獲量都會特別好。」

認為屍體若能養肥魚群，能讓更多人免於飢餓之苦，他們的靈魂或許會獲得寬慰，這樣想會太自私嗎？

「不過，這不能解釋每件事。」

西蒙斯這句話使我回神。

「應該是以前編出來的事，後來實際發生在叔叔的眼前了嘛。」

聽繆里這麼說，西蒙斯顯得很寬慰。

因為有人打從心裡相信他，毫不懷疑。

哪怕只是一個愛作夢的少女，也是個令人心安的同伴。

「既然領主說以前有過這樣的事，這次也是一樣，那我們也只能附和他。骨頭都不見了，船也不曉得是誰的，我們只能接受現實。但這麼大的事，是不可能沒有謠言的。」

說那是領主與惡魔簽了契約，要用幽靈船與他到處歷險而發現的冥界作買賣。

「而且，那個領主本來就跟一般人不太一樣。」

「相信西邊大海的盡頭有新大陸之類的？」

面對繆里的試探，西蒙斯露出耐人尋味的笑。

「不曉得領主到底看見了什麼，才會那麼相信那種事。瞭望台上的小伙計大喊西邊海平線有大陸的時候，看見的不是海藻堆就是鯨魚的背。有時候也會有海市蜃樓這種怎麼看都是神在惡作劇的東西，但那過一段時間就會不見了。」

西蒙斯似乎也很懷疑西方盡頭的大陸是否存在。

也許是在海上過了大半輩子，反而更容易認為那是不可能的事。

他沒安慰失望的繆里，往我看來。

「除了新大陸的事以外，那裡的領主從以前就很喜歡蒐集怪東西。」

「怪東西？」

「光是這艘船就替他送了很多次貨。」

說完，西蒙斯從懷裡取出確實教人意外的東西。

「哇，金骰子？」

月光下，繆里驚訝得大叫。

西蒙斯咳嗽似的搖肩而笑。

「這是愚人金嗎？」

他對我慢慢點頭。那是顏色很像黃金的礦物，記得是名叫黃鐵礦的一種鐵，而這個別稱使它臭名遠播。

「我是拿來當骰子啦，諾德斯通的領主是時不時就會收購這些東西。商人接到訂單就會替他弄過來，要送的時候我們就把貨搬上船，但從來都沒有人弄懂他買那麼多這種玩意兒到底是用來做什麼。所以我們之間，就開始有人在傳了。」

原本寡默的西蒙斯像是說累了，更小聲地說：

「說那個領主會不會是在用愚人金跟惡魔買東西。」

「惡魔？」

繆里捧著那骰狀金屬歪起了頭。

「因為惡魔住的地方什麼都跟我們顛倒啊。他們唾棄神聖的事物，滿地都是謊言與欺瞞，所以那裡不用黃金交易，而是用愚人金。」

惡魔世界的童話故事讓繆里很感興趣。買這種東西的目的太難懂，的確容易引來他人這樣的猜測。

「大量收購這種東西，用途肯定很不一般。諾德斯通領主有很多不好的傳聞，但並不是全都毫無根據。」

接著他以眼神示意，要繆里和我多加警覺。

常有人說，晚上盯著海面看很容易一不小心就被吸進去，所以天黑以後盡量別上甲板。同樣地，接近被惡魔迷住的人，自己也容易掉進惡魔的掌心裡。

西蒙斯那番話，使我無法將這樣的警告付之一笑，而他也不像是會信口胡言的人。

「跟諾德斯通家打交道，還是小心點好。」

老練船員望著月亮這麼說。就算船長要他往那划船，他也不會露出那樣的表情吧。

諾德斯通家的新領主，表面上是為了洗刷領地謠言，證明家族清白而進宮求助。

但事實真是如此嗎，還是另有隱情？

船在夜晚碎波的推送下輕輕晃動。

說不定，這是在暗示我們的未來。

第二幕

諾德斯通家的領地是小麥的主要產地，但領地首都並不位於內陸，而是用來儲藏與運輸小麥的港都拉波涅爾。

既然是小麥的著名產地，自然需要許多船隻來運輸大量穀物，帶來搬運工、盤商與為了與這些人作生意的商人。每個人的生活所需，都必須由其他人來滿足，城鎮就這麼愈來愈大了。

遠在船上，也能看出拉波涅爾是個相當大的港都。棧橋長長短短一大排，即使沒有勞茲本那麼壯觀也能容納好幾艘大船。

聽了西蒙斯略感陰森的描述，還以為這裡是個有點灰暗、有點頹廢的地方，實際上完全沒有這種感覺。

我們的船是在傍晚時分入港，剽悍船員雲集的港都這才要真正熱鬧起來。

繆里在甲板上看著漸染燭光的港都，期待得雀躍不已，下船時卻多花了點時間向西蒙斯互道珍重。我們回程多半會搭另一艘船，不會再見到西蒙斯了。旅行就是不斷的邂逅與分別，且恐怕再也無緣見面。對重感情的繆里而言，這部分或許比野宿或粗食更難受。

一踏上棧橋，才剛笑著揮手的她表情就蒙上暮影。

「難過的時候，騎士也要笑著面對喔。」

聽我在耳邊這麼說，繆里做了個瀏海蓋到眼睛般的動作，靦腆一笑。

後來，我們隨亞茲來到的不是旅舍，而是有個大卸貨場的港邊商行。聽說拉波涅爾到前不久都還處於慶典期間，還有很多旅客在，旅舍一房難求。我是只要能遮風擋雨就無所謂，而囉唆的繆里見到那五層樓高的豪華商行也狼心大悅。在商行也容易打聽消息，無從挑剔。

在亞茲的介紹下會見商行老闆，為這幾天的照顧道謝後，我們就被帶到房間裡去了。

即使是臨時來訪，對方也派三樓的房間給我們，讓我有些驚訝。一般五層樓的商行，頂層都是給傭人使用，四樓是大通舖等簡樸房間，二到三樓則都是貴客和老闆的房間。這大概是沾了伊弗的光，但我實在不敢去想怎麼還這筆人情債。如此思索的我才剛踏進那氣派的房間，繆里劈頭就說：

「大哥哥，我們出去看看吧！這座城很大喔！」

應該慶幸嗎，這時期似乎很忙碌，商行出入頻繁，不是能和老闆悠閒晚餐聯絡感情的氣氛。再加上行李還沒放妥，繆里就死拉著我衣角不放，我便對亞茲知會一聲就外出了。

「啊～陸地真的好多了。」

繆里啪啪啪地直踏腳，很暢快的樣子。她母親賢狼赫蘿只要有酒，在船上打滾一整天也無所謂，可是船艙對繆里來說就太窄了。說不定，她是迫不及待想早點調查西蒙斯那些話的真偽呢。

我就此追著健步如飛的繆里，一路往城中央去。

然而進了最大的街道後，我們的野丫頭就洩氣了。

「奇怪……已經要打烊了？」

路上行人多歸多，街上一大排的攤販卻都開始匆匆收拾，路上酒館也紛紛關窗。她或許是在深夜也仍燈火通明的勞茲本住得太習慣了，我倒是頗樂見於此。

「這才是正常的生活規律。」

一般都是日出而作，日落而息，從白天到夜晚一整天都很熱鬧的勞茲本才是異類，不過繆里畢竟是出生在經常舉辦宴會的紐希拉。她在還沒熄火的燒烤店買了三串羊肉，憤恨地大嚼特嚼。

繼續走了一會兒，我們來到廣場。周圍是一整圈大商行大旅舍，還有座雄偉的教堂，有如受眾臣子擁戴的王。廣場中央有座精緻的雕像，表示這裡的人豐衣足食。

雖然遠遠就能望見那雕像，可是走近一瞧，別說是繆里，連我都睜大眼睛讚嘆。

「哇～好美喔～」

拉波涅爾的教堂沒有勞茲本大教堂那麼大，卻有座不成比例的巨大獻燭台，人們接二連三地獻上手中蠟燭。

受無數燭光照亮的，是頭戴麥草冠冕，手持牧羊杖的女性雕像。

「聖烏蘇拉像耶，好難得喔。」

「她是誰？」

「豐收與畜產的守護聖人之一，比較沒那麼有名……對了，人家不是說這裡因為盛產小麥，有感謝豐收的祭典嗎？」

在聖烏蘇拉像的俯視下，教堂敞開門扉，擠不進去的人便就地祝禱。儘管如此，參拜者仍絡繹不絕，關了店的商人和工匠都態度莊重地聚到廣場來。

俯視著這一切的聖烏蘇拉像脖子上，還掛了條可窺見祭典餘韻的花圈。

「可是她腳下的我就不知道了，沒看過那樣的裝飾……」

製作聖人圖畫或雕像時，必定會隨其負責領域或傳說加上裝飾。以聖烏蘇拉而言，就一定會加上麥冠與牧羊杖，不是騎豬就是騎羊。

可是拉波涅爾的聖烏蘇拉，卻是坐在橢圓形的不明物體上。

「那是水瓶啦。」

一個路過的商人對我說。

「你沒參加拉波涅爾的祭典嗎？」

蓄鬍的商人毫不客氣地上下打量我的裝扮。

看來不是會警戒外地人的當地商人，比較像想找獵物推銷商品的外地商人。

「啊，是啊。我是搭剛到的那艘船來的。」

「那真是太可惜了，已經好幾年沒有這麼熱鬧的祭典了呢。」

「祭典？」

這是以前照顧過我的高明旅行商人教的祕訣，要是對方愛說話，就裝無知讓他說。

「怎麼，沒聽說啊？聽著，迪薩列夫和勞茲本的教堂不是在黎明樞機大人的努力下重新開門了嗎？於是這座城的教堂也跟著開門，辦了一場睽違好幾年的盛大祭典。小哥，你錯過了一次大好的賺錢機會啊。」

他作夢也沒想到自己就是在和黎明樞機對話吧。這讓我再次體會到我們的冒險對世界各地所造成的影響。

接著，繆里對笑出一口黃牙的商人問：

「那是什麼樣的祭典呀？」

「嗯？」

我和繆里穿的都是向海蘭借的服裝，大概是讓人以為善加對待就有機會得到回報吧。

他裝模作樣地緩慢點頭，替我們解釋：

「祭典是來自這塊土地的傳說，主旨是重現聖烏蘇拉來到了這個因古代戰亂而荒廢的土地之後的事。人家說，是聖烏蘇拉將水瓶賜給了前任領主，讓他往田裡灑水就能結出麥穗。為了感謝聖烏蘇拉，主教要帶隊行進，同時從奇蹟的水瓶灑出聖水。後面是領主等達官貴人，要捧著自製的籃子或甕，把食物甜點裝進去邊走邊發。年輕領主史蒂芬大人繼任之後，東西給得更加慷慨，而這次又好幾年沒辦了，真是豪氣到一個不行。而且還是突然決定要辦的，才會找我們這些外地商人來幫忙。哎呀，賺了個口袋叮噹響啊。」

繆里都快哭出來了，應該是在怨我們怎麼沒早來幾天吧。

但我關注的當然不是祭典的歡樂氣氛，而是盛產小麥是來自聖烏蘇拉保佑這部分。說不定與鍊金術師或與惡魔勾結這類負面傳聞，只有領地外在傳而已。

「那我走啦。這座城不大，改天又會在哪裡碰面吧。有好賺的事要告訴我喔。」

「謝謝您的說明。」

我與商人握手告別，繆里也笑嘻嘻地握手，之後商人便消失在人群裡。

「會分甜點的祭典耶。」

現實的繆里似乎已經愛上這座城了。

「即使是祭典剛結束也有這麼多人來繼續祝禱，真是太棒了。」

獻燭並不便宜，而且更讓我感動還不只是那擠滿教堂的人群。

若問我覺得這座城哪裡最好，我應該會回答人們做完禮拜帶著經過洗滌的心靈返家時，路上的攤販和酒館都已經打烊了這點。勞茲本的晚禮拜同樣也是人潮洶湧，但有很大一部分是人們會相約在禮拜之後一起去喝酒，讓我心裡不太舒服。

所以見到拉波涅爾的人們肅穆地來到又安靜地歸返，使我發現這裡和事前打聽的傳聞截然不同，到處都是非常虔誠的信徒。相信管理教堂的主教，也是個熱心聖務的傑出人士。真希望能見他一面，請他在信仰上替我指點一二……然而讓人知道我黎明樞機的身分，造成對方的麻煩就不好了。真希望王國與教會的紛爭早點結束，這樣就沒有那麼多顧慮了。

想著想著，繆里拉扯我的衣襬說：

「大哥哥，我們回商行請人弄晚餐吧？」

聽了發甜點祭典的事以後，三根串燒就墊不了她的肚子了吧。太陽也已低沉，光明就快從這城中消逝。像勞茲本那樣晚了還在街上溜達，恐將遭遇諸多不便也是事實。

「可是不曉得突然回去有沒有得吃耶。」

早知道就早點請人留晚餐了。在遠離教堂而人潮驟減的路上，繆里聳聳肩說：

「應該是完全沒問題啦。」

「真、真的嗎？」

商行看起來很忙，帳台上還擺了好幾顆用來醒腦的生洋蔥，想必有不少人需要熬夜。但推開商行早早就關上的門進去以後，我發現並不是這麼回事。

「再上葡萄酒！」

「我要啤酒！我聽說你們剛到一批喔！」

卸貨場如今是滿滿的桌椅和滿滿的人，不只有旅裝商人和搬運工，連看似一般居民的都在。

在濃厚的酒香肉味中，女服務生在桌椅間忙碌穿梭。她們一手抓五六個啤酒杯，不時在客人慫恿下一口氣乾杯，贏來滿堂彩。

與作禮拜的肅穆人群和隨日落迅速沉靜的街景落差之大，讓我以為自己見了一場戲。

「啊哈哈，比想像中還誇張耶。」

繆里說完攔下女服務生，問她能否送餐到房裡來。然後對我使個眼色就快步往房間走，可見是談妥了。不懂這究竟是怎麼回事的我，被臨時酒館的喧囂轟走似的追上繆里。

「妳早就知道這裡會變成酒館了嗎？」

有些人像是擠不進卸貨場，逕自站在一樓走廊吃喝起來，簡直是大型宴會的氣氛。

上了二樓就看不到那種人了，但還是會不時與抓著一大堆空酒杯的女孩錯身而過，表示有很多人在房裡大喝特喝。

「是不知道啦，只是在路上聞到有房子裡傳來很香的味道，還有嘻嘻哈哈的聲音。」

繆里一進三樓我們的房間就點燭開窗。窗下道路悄然無聲，但在屋裡走廊往樓梯口探，應能聽見陣陣歡笑。

「城裡的人，會不會是故意裝乖的啊？」

繆里所俯視的拉波涅爾街道似乎已經陷入沉眠，若換作勞茲本，夜晚才要剛要開始。

「故意的……妳是說，大家都是把門關起來以後在裡面像這樣大吃大喝嗎？」

「至少比較大的地方都是這種感覺。連去祈禱的人也——」

話還沒說完，門敲響了。

敲門聲從很低的位置傳來，不太尋常。對方是個年輕的紅髮女孩，右手拿兩只啤酒杯，左手端著裝了四碟菜的木盤，大概是跟繆里之前一樣用腳踢門吧。

粗魯得很有港都的味道，引人苦笑。繆里很愛這種氛圍，抓起一隻炸小魚丟進嘴裡，滿意地秀出尾巴耳朵。

「對了，我剛在說什麼？」

「嗯？」

見到繆里迫不急待地把嘴往酒杯上湊，我一伸手就抓住她手腕。

搶過酒杯一聞，裡頭果然是葡萄酒。

「不可以喝酒。」

「為什麼！我已經是騎士了耶！」

「跟那沒關係。赫蘿小姐交待過我，不准妳碰火跟酒。」

搬出賢狼的名字，繆里再賴皮也得放下尾巴。

她嘟著嘴轉向一邊，洩恨似的往麵包裡猛塞羊肉。

「就是妳還沒說完的那個。妳說人家規規矩矩是裝出來的，那祈禱的人呢？」

盡可能塞滿羊肉再大口咬下去以後，繆里扭動整張臉仔細咀嚼一遍才總算開口。

「去祈禱的那些人都只是外表看起來認真而已。全都是做給別人看，嘴裡唏哩呼嚕根本亂唸一通。」

或許是繆里很討厭作禮拜那種需要動也不動的事，特別容易注意到別人在做些什麼。而城裡的淳樸扒去一層皮之後，自然就是這場喧噪了。

「如果真的是妳說的那樣……那就是被人逼出來的吧。」

我將繆里不碰的煮豆盛上麵包，作出當然至極的結論。

「而這個人就是領主了。」

街上偶遇的商人也說過，城裡的祭典在新領主上任後變熱鬧了。

「新領主應該是真的想驅除領地裡的不實謠言吧。」

伊弗和海蘭都認為，諾德斯通家的謠言是有人嫉妒他靠種麥致富而起，但那無疑是源自前任領主的存在。所以想藉改朝換代的機會，將那些謠言一次清空。

「這樣說來，感覺太極端了點……」

「是嗎？要去除人們心裡的既定印象很困難喔，那就像大哥哥老是把我當小孩看一樣。」

雖然繆里不平地啃著麵包，但她動不動就說要趕快長大喝酒，又沉醉在神祕幽靈船的幻想裡，多得是讓人當小孩看的依據。

想當個人人景仰的騎士，還有得等呢。

「不過還有另一種可能喔。」

坐在床上晃腳嚼麵包的繆里，用拇指腹抹去唇上的油說：

「因為他們真的有跟惡魔交易，所以怕人發現，想找人掩飾之類的。」

這樣的想法，當然也很合理。想想紐希拉溫泉旅館的蜂蜜甕不見那時候。儘管他多半不是真的和惡魔有交易，但仍有可能是崇拜惡魔的異端。

「又或者——」

繆里爽快吃完被羊肉塞得鼓鼓的麵包，舔著手指說：

「到麥田去以後，可能會比較好解釋吧。」

貪吃的少女長著狼耳狼尾，胸前垂掛著裝有麥穀的小囊。在旅行路上昏倒的我能夠活下來，就是因為有個掌管小麥豐收的奇妙巨狼救了我一命。

可是指出其他可能的繆里，臉上陰影仍未散去，也不打算拿下一塊麵包。

世上非人之人絕不算多，狼族同胞又是少之又少。繆里的母親赫蘿在多年旅途中一個也沒遇過，該告誡自己別抱太大期待才是。

明明會深信不疑地說傳說之劍必定存在於某個地方，就只有這種時候像個多愁善感的女孩。

就在我希望成為她內心支柱而往她肩膀伸手時——

「可是狼到那邊去的話，搞不好會跟人家吵起來。」

「呃，咦？」

還沒來得及弄懂，繆里已鄭重推回我伸出的手站了起來。

「你忘記這裡的領主用羊當徽記嗎？不管怎麼想都應該用狼吧！」

徽記也有流行與沒落，而狼紋是屬於舊時代的東西。先不論繆里有沒有狼是森林之王的想法，但至少是認為既然他們藉狼的力量豐收小麥，當然該以狼作徽記。

「每個人都會有身不由己的時候。」

即使這樣勸說，繆里仍然嘟著一張嘴，抓起第二塊麵包就把羊肉當怒氣一樣塞進去。雖令人哭笑不得，但那總比心靈受創而垂頭喪氣好多了。

於是我先放下生悶氣的繆里，開門探頭出去，請路過的女孩拿點葡萄汁和淋滿芥末醬的肉腸上來。

這晚繆里飽餐一頓之後，心情才總算好起來。

隔天，那場大宴彷彿只是夢境一場，商行又變成不管怎麼看都很常見的正常商行。不過往卸貨場多看兩眼，一樣能找到昨天沒注意到的桌椅酒桶堆積在角落，幾隻共饗昨晚殘羹的老鼠在縫隙間鑽動。

在忙碌的商人與搬運工之中，亞茲談妥生意並與對方告別後，注意到我們而過來問候。很會使喚人的伊弗，不只是派他來保障我們的安全，生意是一樣要作。

既然遇上了，就順便問問他昨天在城裡看到的那些事吧。

「我也是很久沒來了，真的嚇了一跳。聽說是新領主上任以後，尤其是酒館的經營備受限制。不過酒畢竟是人人每天都少不了的東西，所以人們會用『來到商行談生意，結果人家拿酒請我喝』作藉口。商行本來就經常款待各地旅人，教會也就不會囉唆了。」

當時忙著送餐的人當然也是酒館的人。亞茲補充道。

於是乎，不是酒館卻能享受到酒館服務的地方就此完備。

這種瞞天過海的方式在城裡多得是。

「那些限制，同樣也是因為謠言嗎？」

「我想是這樣沒錯。您去教堂看過了嗎？」

「看過了，好可怕的人潮。」

亞茲點點頭，往四下瞄幾眼後壓低聲音說：

「聽說那是領主對工匠公會跟商業公會授命，要他們派人去作禮拜的。」

我不禁想起昨晚與繆里的對話。

「這座城的教堂會開門也不是受到您努力的影響，主要是領主塞了很多錢給主教。」

王國與教會的紛爭開始後，教宗便下令全國教會組織停止聖務。此後人們別說日常禮拜，就連嬰兒洗禮、婚禮和葬禮等重要儀式都得不到神的保佑，使得人們的心靈十分枯渴。在教宗以神的教誨為人質的狀況下，教堂開啟門戶原本可說是違命之舉。

所以想說服他們開門，得花上不少心思，但花錢買通並不是正當的行為。

亞茲似乎看出我怎麼想，輕點頭說：

「既然這裡原本就是很容易遭人懷疑信仰不純的地方，那麼年輕領主該看的就不只是國王的臉色了。」

既然有謠言說前任領主與惡魔打交道，相信教會派出異端審訊官的事不只是一兩次而已。重金賄賂門戶緊閉的教堂，表現出這座城無論如何都需要信仰的恭順態度，說不定是為保日後安康的重要保險。

「那大哥哥就是天平上的另一個砝碼了吧？」

「大概是吧。」

諾德斯通家需要對王國和教會兩面討好。現在對教會表示恭順，接著就要對王國陪笑了。而且盛產小麥帶來的財富又使他們備受敵視，這年輕的新領主經營起這塊土地是不得不加倍費心。

「順便問一下，這裡的前任領主還活著嗎？」

繆里不時很感興趣地偷瞄亞茲腰間的佩劍，並且這麼問。

「應該是還活著，但與現任領主的關係當然很差。我從昨晚酒席上打聽到，他卸任之後就被幽禁在城樓的地下，也有人說他出外雲遊了。」

爭權奪利下的落敗者遭到幽禁或放逐的晦暗故事，的確是屢見不鮮。

但這麼說來，就有個疑問了。

「這表示……傳位的過程並不和平嗎？」

「不，我想那部分並沒有問題。說起來，那八成都是城裡人認為前任領主不會乖乖讓位而傳出的謠言。」

連城裡的人都不把他當領主看呢。

「鍊金術師那邊呢？」

「幾乎沒人聽說過這件事，知道的好像好幾年前就過世得差不多了。除了城中耆老以外，說不定都只當那是傳說故事。」

「原來如此……這樣綜合起來看，至少繼任的這位新領主跟過去的謠言是沒什麼關係。」

「表面上是這樣沒錯。」

不枉是在笑裡藏刀的伊弗．波倫手下辦事，話說得很謹慎。

「還有什麼要我打聽的嗎？」

「我想想……」

往身旁繆里一看，她聳個肩說：

「目前沒有。」

「這樣啊。那麼，我們就送信通知新領主史蒂芬說您已經抵達，請求會面吧？」

聽海蘭說，這種訪問一般都會在事先通知抵達日程，以正式客人身分請對方迎接。但我還有些事想調查，例如新大陸的消息和小麥培育是否與非人之人有關等，需要保留行動自由，所以沒通知就來了。

而且將亞茲的話統整起來，新領主請我來似乎不單純是想否定謠言。所以我想多在拉波涅爾看幾天狀況，徹底整理思緒。

聽我這麼說，亞茲當然沒有異議，還恭敬地鞠躬。

「若有必要，請您儘管吩咐。老闆有命，要我在您造訪拉波涅爾的期間盡量協助。」

果不其然，亞茲不只是商人，更像是傭兵或從事那方面戰鬥的人，但值得信任。向他道謝後他沒說話，只以眼神致意。

接著，有個商人像是看我們結束對話而向亞茲搭話。亞茲又恭敬地對我再行一禮，隨商人走進商行。這是個熱鬧的城市，商人自然忙碌。無論是這塊卸貨場，還是從這也能見到的拉波涅爾港口都不遜於勞茲本，一絲陰鬱的氣息也沒有。

即使在映照月光的船上聽了那些繪聲繪影的故事，一想到幽靈船會來到這個地方，感覺就非常虛幻。

聽過亞茲那些話，又眼見港口的熱鬧模樣，我忍不住喃喃自語。

「都是些在夢幻與現實之間來回交錯的事呢。」

有荒誕無稽的幻想，也有大意不得的現實。為此嘆氣時，一直在看卸貨場牆上拉波涅爾近郊地圖的繆里拉拉我的衣袖說：

「總之先去麥田看看吧。」

說不定那裡也會有愛喝酒的狼的化身，這麼一來關於謠言的諸多疑點就能獲得解答。而且那名非人之人說不定也有伊蕾妮雅那樣的堅強意志，曾試圖獨自尋找位在西方盡頭的國度。

也難怪繆里等不及想過去調查。見到她的表情，我想起「一波未平一波又起」這句話。

「不可以跟人家吵架喔。」

我多叮囑一句以防萬一，繆里神氣地聳聳肩，握起腰間的劍柄。

向商行詢問前往參觀諾德斯通家的麥田該怎麼走，得到的回答是沿著往內陸去的道路走就行了。聽說距離不遠，我們便決定步行前往。

港都拉波涅爾的聯外幹道有三條，兩條是沿海的南北向，一條往西北內陸的閑靜草原延伸。這城鎮雖大，卻沒有像樣的城牆，過了木籬很快就是草原地帶，到處有羊群在吃草。

路上有不少行人，烘焙坊和小餐館沿路錯落，給人城鎮零星擴張到城牆外的感覺。

後來我發現這並不是錯覺，因為午後不久來到的村落同樣也叫拉波涅爾。

「有兩個同名的地方？」

「其實這裡才是原本的拉波涅爾吧。妳看，到處都有古城牆的痕跡。」

歷經風霜而發黑崩塌的及腰石牆，仍斷斷續續地留在路邊。原本看似路旁圍欄，但沿路看過去，能發現石牆被屋舍截成好幾段，可見是先有牆才有屋。

「那是圈羊的石牆吧。我想這邊看得到的部分，原本都是用來牧羊的。」

起初只是個小聚落，後來隨村子擴大漸漸拆除石牆。所以有茅草鋪頂，像熊縮成一團的老房子，也有宏偉華美不遜港口，看似商行的四樓建築。

其中還有少見的石砌樓房，設置了令人不禁昂首的巨大釀造鍋和蒸餾器，顯然是釀酒坊。這些比人還高的器具造型有的像扭曲的蘋果，有的則像從高處滴垂的蜂蜜。

沒嘗過酒味的繆里單純只是對蒸餾器外觀感興趣，若是在過去的旅途上，愛喝酒的賢狼肯定早就受不了了吧。

光是想像那畫面，我就忍不住想笑，可是一想像繆里長大以後的模樣，嘴就僵住了。

她撒嬌的手法和威力，肯定都有過之而無不及。

「？」

我用微笑對歪頭的繆里表示沒事，心裡祈禱她盡快成為能獨當一面的騎士。

如此漫步走過蜿蜒道路，往熱鬧處前進一會兒後，我們來到一處廣場，周圍有個小教堂，和能夠盡覽農村的亭子。

「啊，甜點壺！」

繆里指著聖烏蘇拉像叫道。不同於港都的水瓶放在腳邊，而這裡的卻是抱在身側。

「這裡的花圈比較新耶。」

「既然祭典是為了祈禱小麥豐收，這裡前不久也是舞台之一吧。」

聖烏蘇拉像頸部掛了花圈，腳下堆滿鮮花。還有人供奉大麵包，足見是象徵農耕、畜牧與豐饒的守護聖人。

雕像配件是隨處可見，而聖烏蘇拉本身則是古典美女的感覺。

假如聖烏蘇拉其實是掌管小麥豐收的非人之人，會不會隱藏著某些特徵呢。例如長相神似賢狼之類。

如此仔細觀察的途中，有人拉扯我腹側的衣服。

「……你在看什麼東西？」

表情既不滿又難過，讓人有點意外。

我花了一點時間才發現那是在吃醋。

「我只是在看祂是不是長得像赫蘿小姐。」

我想她應該了解我的意思，但她仍不太放心地拉著我衣服向前走。

「又不像，不要一直看啦。」

她很快就放手邁開大步，是因為不想讓我看見現在的表情吧。儘管她口口聲聲說自己是大人、是騎士，卻仍像不習慣飛翔的蝴蝶一樣笨拙，於是我輕笑著牽手拉住她。

「那邊有人在烤麵包，要不要提早一點吃午餐呀？」

這裡不愧是小麥產地，店裡擺的全是小麥麵包。有球形大麵包、細長麵包，還有編成麻花捲再圍成一圈的費工麵包。繆里停下來看看麵包，再看看我牽著的手，最後對我瞇起眼。

「這麼快就想用食物拐我啊？我不是說過我是富有榮譽感的騎士嗎？」

她手一甩，扠腰表示不滿。

「那真是抱歉，我們就直接往麥田走吧。」

「慢著，我沒說不吃喔。」

繆里說完淺淺一笑，匆匆跑向烘焙坊。

「大哥哥！快點來啦！」

彷彿能看見尾巴開心地搖呢。

「好好好。」

我如此回答，往香噴噴的烘焙坊走去。

我挑的是巴掌大的圓麵包，繆里則是抹上蜂蜜的麻花麵包。也許是我們怎麼看都是散步兼購物的外地商人，烘焙坊老闆向我力薦村裡的小麥。

他請我務必到商行訂購小麥，說不定是有親戚在裡頭。

雖不知這裡小麥貴還便宜，至少麵包相當好吃。

「這裡小麥品質真的不錯耶。」

距離烘焙坊一段距離的空地有幾段孤伶伶的石牆，我們在那坐著吃麵包時，繆里這麼說。

「不是因為剛出爐嗎？」

「一樣是剛出爐，劣質小麥就是難吃啦，鬆垮垮的又不甜，這個就超好吃的。一定是土壤很肥沃。」

繆里聞得出混摻大麥的麵粉，所以這裡麵包的滋味和品質是真的好吧。我對滿足地啃蜂蜜麵包的繆里微笑，也撕一塊麵包，但在送進嘴裡前發現一件事。

「你也想吃嗎？」

不遠處有隻褐色的小老鼠。我將麵包撕得更小放在一邊，小老鼠害怕地後退。不時窺探的不是我，應該是身旁的繆里。但牠仍擋不住香味的誘惑，戰戰兢兢地接近後叼起碎塊蹦跳逃走。

這讓我想起過去無依無靠地單獨旅行時經常溜進農家倉庫過夜，拿硬梆梆的麵包分老鼠吃。有對象能分享食物，是一件很美好的事。這時，我注意到繆里的視線。

「怎麼啦？」

繆里這才回神，裝蒜說：「沒事。」雖說尾巴若放出來會比較好懂，但我一樣知道她在想什麼。

沒有嚷嚷著：「為什麼只餵老鼠！我也要！」並張大嘴巴逼過來，就算大有長進了。

於是我撕一大塊麵包犒賞她。

「同伴就是要有食同享。」

繆里眨眨眼睛，開心地吃下那塊麵包，難得也撕一塊給我。

「對了，在勞茲本很少看到老鼠耶。」

「嗯？小老鼠？」

「人家借給我們上好的房間，在屋裡看不到是理所當然，可是街上也沒有。」

在亞茲介紹的商行，卸貨場裡也會有老鼠來撿夜間酒館的殘渣。

「街上也看不到，會不會是因為臭雞的關係？」

繆里說的臭雞當然不是普通的雞，而是鷲的化身夏瓏。

鷲是老鼠的天敵，可能是懼怕她而不敢在出現在街上。

可是說到恐怖，這世上三大可怕的狼就在我身旁呢。

「其實整趟旅途上都很少看到，會是因為妳嗎？」

船上總少不了老鼠和蒼蠅，但我們渡海時從未被這兩者所困。要是不注意，被牠們爬進行李麻袋裡，寶貴的食物和繩索都要不保。

「我是不會欺負弱小啦，大概是人家自己會跑走吧。」

她挺高胸膛，彷彿在說狼有其威嚴。

「是這樣就太好了。以前我單獨旅行的時候，不曉得有多少次腳趾頭被老鼠咬，痛到跳起來呢。」

繆里愣了一下，聯想到什麼似的往我的腳看。

「我還沒咬過你的腳耶。」

為她說得像零嘴苦笑時，我也想起聊傳說之劍時，她盯著我的手看說想要骨頭。一想到這隻銀狼開心地搖著尾巴啃骨頭的樣子，我就忍不住摸摸腳。

「可是也沒看到貓耶。」

繆里將最後一塊麵包扔進嘴裡並這麼說。

「是因為港邊太熱鬧嗎？」

「嗯～？」

她似乎不太能接受這說法，但麵包已經吃完，便跳下石牆往麥田走。路已經向烘焙坊師傅打聽過，我們沒迷路就出了村子。愈往西走，房屋愈顯稀疏，不過一間比一間大。

混雜於放養的豬雞之間，趴在屋邊的野狗一見到繆里就跳起來吠一聲。

完全離開村子以後，再也沒有任何東西能遮擋視野。

除了遙遠彼方那一點點低矮山丘的稜線外，到處是一望無際的麥田。

「好大喔！」

即使我們在王國也見過不少遼闊景色，這麼大的麥田卻很少見。

繆里以前頂多只見過紐希拉山谷間的小叢野生小麥，說不定這景象比大海還要震撼。

「哇……哇！」

繆里想一眼望盡浩瀚的麥田，整個人轉得都快向後倒下去了。

我趕緊扶住，聽見她咯咯笑起來。

「田裡面好像也有幾個小聚落耶……這麥田真的好大喔。」

腳下道路一直延伸到麥田裡，途中有個十字路口，每條路遠端都有小型聚落。這是將過去只用來放牧的草原，為了生產小麥而進行開闢，等擴張到一定程度就建立新的聚落開墾周圍，如此一再反覆而形成的吧。

不過這景象的厲害之處不單純是遼闊，而是那震撼到令人肅然起敬的整齊田園構圖。

「你仔細看，不光是小麥耶。」

沒那麼亢奮之後，繆里當然也很快就察覺這點。田的結構並不是只有小麥，還特地組合顏色似的更換其他作物，且區域按一定規則排列，實在教人驚嘆。

先是翠綠的麥，然後是看似蕪菁的蔬菜，應是給畜生吃的牧草，最後是空地。

如此整齊劃分的田地一直反覆到看不見為止。

輕柔的風充滿了翠綠植物的香氣。

「妳覺得怎麼樣，有同伴的感覺嗎？」

我問同樣深呼吸的繆里，而她無力地吐氣。

「……應該是沒有。」

這是突然盛產起小麥的神奇土地。

或許受到狼族護祐的猜想，看來是落空了。

「會是養好麥子以後就踏上旅程了嗎？」

我對以平靜眼神望著麥田的繆里提出這種可能，繼承狼血的少女慢慢搖頭。

「應該不是。而且就算她待過，也應該是被趕出去的。」

「咦？」

「我想這裡麥子的種法，跟當年逼走娘所用的方法很類似。我也只是聽爹說過而已，今天第一次見。」

羅倫斯告訴她的，是麥田的有效經營方式。

眼前麥田分為四色，是藉由每年改種不同植物來回復地力。且採取這種方式，可以在小麥歉收時仍保有其他作物，以此降低每年豐歉的波動，將能利用的土地擴張到最大限度。

繆里的母親賢狼赫蘿仍在掌管麥田豐收時，田頂多只能以聚落為中心分為三色，稱為三圃制。如此單純的人類智慧結晶，在當時就大幅改善了收獲量。

若是發生在古代，肯定會被人們奉為豐收之神。

「這裡好厲害喔。」

有古代精靈血統的女孩嘆息著說：

「很規律，很完美……把效率提升到極限的感覺。好像都不是農田了，完全沒有像娘那樣、我們那樣的人能待的地方，比寒冷的雪山還要冷。」

賢狼赫蘿的故事，是掌管作物豐收的古代精靈輸給人類技術的故事。

身為人類的我，為繆里失去表情的臉孔感到十分難堪。

「可是大哥哥。」

「……怎樣？」

我稍微繃起身子，但結果顯示我實在太小看繆里了。

「人家說這裡以前的領主，是一個很有行動力但是會相信怪力亂神的老頑固是吧？」

話題突然拉回現實，使我腦袋一時混亂。

「那、那個，嗯，是沒錯。」

然而繆里全然不理會我的反應，再度大幅環視麥田，斬釘截鐵地說：

「才沒有那種事呢，他絕對是一個很聰明的人，不然開闢不出這麼厲害的田。」

這裡是王國少有的小麥主要產地，但並不是從過去就盛產，而且領地周圍也種不好小麥，於是一些管不住嘴的人，開始謠傳老領主一定是用些見不得人的方式種植小麥，而我們猜想這之中有狼的化身存在。

但這裡小麥長得好，顯然是來自努力耕耘這個實際的原因。

「……那麼，現在該怎麼看呢。」

繆里的看法顛覆了我們起初的印象。我設法整理完全不像眼前麥田那麼整齊的思路，梳理出一句話來。

「看到這片麥田，我們會想到一個講道理的領主，也就是說他應該跟那種差勁謠言沾不上邊才對，是吧。」

如同活潑熱鬧的拉波涅爾，和幽靈船傳說極不相稱一樣。

「這麼一來……新大陸那方面的事也讓人覺得很奇怪。那種事，就是比較愛作夢，容易聽什麼就信什麼的人才會去挖掘。一個講條理又腳踏實地的人做起那種事，感覺很奇怪。」

難道是「正確又異常」，像個理智的異端那樣。

「嗯……」

但是，繆里對我的說法存疑。

「自己說是有點那個啦，可是我覺得那兩件事是可以並存的。」

「是嗎？」

「嗯。因為我也知道一個做事認真有條理的人，可是他一直在追尋這世上根本沒人見過，不曉得到底存不存在的人嘛。」

我一時還以為繆里是在說戀愛故事的主角，趕緊抗辯。

「神是真的存在。」

「那傳說之劍也該存在吧？」

「唔，呃……」

被問倒而支吾時，繆里忽而望向遠方，輕笑著說：

「啊，我好像看出這塊土地的祕密了。」
「咦？」
「就是鍊金術師啦。」
諾德斯通領地遭謠言纏身，除前任領主的特異行徑外，也是因為藏於這片土地的鍊金術師。
原先還猜想鍊金術師只是非人之人的掩護，但就這片田野看來是機會不大。
這也難怪，以目前所知而言，哪裡有鍊金術師出場的空間呢。
動腦筋到一半，繆里覺得若有鍊金術師會很有趣似的笑著說：
「如果鍊金術師是跟我一樣的可愛女生怎麼辦？」
「……啊？」
繆里帶著充滿自信的笑容抬頭看來。
「愈是做事認真有條理的人，不是拿女生愈沒辦法嗎？」
那一副我就是實例的笑臉讓我拉長了臉，不過我了解她實際上想說些什麼。
「妳是說，那些謠言可能是源自於領主愛上鍊金術師？」
繆里點點頭，以出奇認真的視線望向麥田。
「因為他能開闢出這麼厲害的麥田嘛。雖然跟金毛還有那個叫西蒙斯什麼的叔叔說的好像不太一樣，但如果鍊金術師就是原因，那不就都說得通了嗎？」

愛情的確能凌駕任何道理。

假如前任領主愛上了鍊金術師，說不定就擁有能將不毛之地改造成小麥主要產地的毅力，同時陪鍊金術師作天馬行空的大夢。

海蘭說國王也讚賞諾德斯通家前任領主的行動力超乎常人。若談起戀愛，想必是特別執著，甚至到盲目的地步吧。而這份盲目，驅動他為了原本都是鍊金術師在追逐的新大陸向宮廷募資，並大量收購不知作何用途的愚人金。

「那的確能解釋不少事情，但幽靈船的部分呢？」

繆里想了想再開口說：

「那會不會根本就不是幽靈船，而是想變成幽靈船的船？」

「嗯……嗯？」

想變成幽靈船的船？我完全不懂這是什麼意思，而繆里卻很喜歡自己這假設的樣子。

「嗯，說不定喔。很有鍊金術師的感覺。」

自鳴得意的繆里注意到我表情茫然，大發慈悲似的替我解釋：

「鍊金術師不是想把鉛變成黃金，得到永恆的生命嗎？」

「是啊，一般是這麼說沒錯。」

「那不就不難想像他們在暴風雨的夜裡，用沒人的船滿載白骨，朝著雷聲隆隆的黑暗唸咒的樣子嗎？」

「這……」

繆里豐富的想像力總是教人咋舌。

「而且這樣就能解釋，領主為什麼能臉不紅氣不喘地在西蒙斯他們面前說那種話了吧。」

我努力回想西蒙斯的話。

「妳是說以前也有發生過那些……？」

「對，臉皮可厚了。」

一個動不動就因為惡作劇而捱罵的女孩說起這種話，實在很有說服力。這樣白骨為何忽然消失就說得通了。假如有個做事一板一眼的領主在替鍊金術師擦屁股，能在不為人知的狀況下收拾完畢也很合理。說不定村裡的老祭司也知道這件事，暗地裡配合他呢。

突然能想像這個未曾謀面的老領主的辛勞，感覺很親切。

「這麼說來……拿當年的事來責怪新領主的治理，實在很不公平。」

有句話叫父債子償，但這其實不符合正義。

能夠鼓起勇氣反抗的史蒂芬，應該是個信仰虔誠的人吧。

這麼想時，繆里又說：

「不過鍊金術師這部分也可能不是戀愛，而是像伊弗姊姊那樣就是了。」

往繆里一看，發現她正蹲著撥弄田裡的土。

「我不太了解鍊金術師是怎樣的一群人，所以調查了一下。」

接受海蘭的請託調查諾德斯通，見過伊弗之後，繆里到了勞茲本市政廳的書庫去。因此，她經常嘮叨著要我也去看看有關新大陸的書。

「戰亂時期，領主僱用鍊金術師是常有的事。」

「這樣啊？」

「他們偶爾會成為冒險故事的配角，做做藥、製造古代兵器維持戰線什麼的，不過那好像算是真的，把鉛變成金子這種事反而很少。」

若這麼說，自然也就會想起伊弗的話了。

如果那是為了早年戰亂時期的領地功臣——

「說不定還是個很重道義的人呢。」

這句話與眼前這一大片整齊劃一的麥田一致。

雖然這一切不過是種假設，但在詢問新領主史蒂芬時還是得放在心上吧。

「那事前調查這樣就差不多了吧。」

「是啊。」

繆里或許會對田裡沒有狼族同伴感到遺憾，卻也不是那麼在乎的樣子。

「我是很想也見見老領主啦，問問他這片麥田的事。」
「不是問新大陸啊？」
我意外反問，她聳肩回答：
「恐怕問不到什麼我和伊蕾妮雅姊姊也不知道的事吧。」
「這個……大概吧。」
他們能掌握來自鯨魚和候鳥的消息，人類根本沒得比。
然而我不認為那樣的人會在沒有根據的狀況下航向西方盡頭。
話說回來，假如他真的握有關於新大陸的重大線索，說不定能夠和平解決王國與教會之間的紛爭。
這時我感到自己好像比繆里還期待新大陸，跟過去顛倒過來，便甩甩頭調整回來。
「無論如何，略過現任領主而去找退休的領主是一件無禮的事。我們先請亞茲先生替我們介紹，去拜見史蒂芬閣下吧。」
思考該問些什麼時，蹲著撥土的繆里瞇起眼掃視四周。
「怎麼啦？」
該不會是在結滿青翠麥穗的田裡發現鳥窩了吧。
結果繆里頭也不回地哼一聲說：

「我剛剛一來就有這種感覺了，是因為田裡的土吧。每次風一吹就有股怪怪的味道。」

「味道？」

繼承狼血的繆里，能靠鼻子在森林中追蹤鹿的腳步。

不過一個外人蹲在田邊可不好。雖然現在不是收割期，不會被當成賊看，但是在田裡發現害蟲而圍毆路過旅人的事並不罕見。

「繆里。」

遠方工作的農夫開始往我們看，於是我往繆里背後喊一聲。

「嗯……是什麼啊？」

繆里站起來，拍拍手歪頭思考。

後來我們回到港都，找到亞茲請他幫我們聯絡史蒂芬。由於現在城裡是忙碌時節，又沒有事先通知，還以為要多等幾天。但晚餐前就獲得回音，說明天就來接我們過去。

「看來這個領主是真的覺得這樣下去有危險。」

並不是為了以防萬一，在經營領地的空檔請黎明樞機過來看看而已。

「責任重大呢。」

繆里很故意地對我堆起滿臉的笑。

我前不久還是個在溫泉旅館打雜的書生，這世界還真是不可思議。說到不可思議，一個野丫頭莫名其妙成為騎士也夠不可思議的了。這世界或許就是充滿意外。

「如果能平安結束就好了。」

亞茲點點頭，繆里嫌無趣似的聳肩。

隔天，拉波涅爾天色灰暗，還颳起了風。據說是前幾天大陸那邊有暴風雨，雲流到這來了。

繆里嫌風大，難得將頭髮編成辮子。這模樣特別有神，再加上修女般樸素的袍子和細劍，宛如與異教徒相戰時鼓舞著正教徒的戰場聖女。

「好看嗎？」

她注意到我的視線，刻意擺姿勢問。那模樣真的是適合到令人驚訝。

「比平常更像個大姊姊了。」

繆里才剛露出高興的臉色就發現我是在說她平常看起來年紀小，嘟起了嘴。但最後她還是很高興，用手指繞著辮子，像個頭一次注意到自己尾巴的小狗沒事就往後看。

不久我們搭乘史蒂芬派來商行的馬車，穿過在烏雲下也依然活絡的拉波涅爾，來到位在小丘上的屋宅。那外牆抹泥，外廊縱橫的單層建築構造比較不像領主府邸，比較像大商人的別墅。

經過了隨風搖曳的果樹園和聖烏蘇拉像，一名穿著緋紅大衣的青年帶著一批傭人在正門迎接我們。

「黎明樞機大人，感謝您大駕光臨。」

可能是史蒂芬瘦高又斜肩吧，看起來弱不禁風。那雙看似待人親切的垂眼，在老了以後也許能給人和藹領主的印象，但現在卻像是快被重責壓垮而要哭出來了。

不，或許真的是這樣。會這麼想，是因為我們握完手，他就鄭重地脫下大衣鋪在地上，跪下對我說：

「來，請先讓我替您洗腳吧。」

一旁待命的傭人放下水桶，史蒂芬跟著捲起袖子，看得繆里眼睛都圓了。我很快就察覺那是什麼意思，吞下苦笑一起跪下。

「我只是個普通人，離聖人還差得遠呢。不過您的心意讓我很感動，感激不盡。」

曾有某大帝國皇帝為了替自己的不檢點懺悔，替來到下城的聖人洗滌手腳，他是在模仿這個故事。從周圍傭人的緊張神情來看，大概是某個誰愛主心切而亂出主意了吧。

「呃，這……」

而且史蒂芬似乎完全沒想到我會拒絕，舌頭打結得我都替他可憐了。

「史蒂芬閣下，故事上也說，聖人會和那位皇帝在庭園和睦閒談呢。」

聽我打圓場，他用力點個頭站起來。

「您、您說得是。那就，請往這邊走。」

無奈起身的我拍拍膝蓋，而繆里依然瞪圓眼睛，彷彿見到一場神奇的舞蹈。

我們沒有進屋而直往庭院走，顯然不是史蒂芬排練過的行動，能從門縫窺見屋裡的傭人一團慌亂。

繆里逐漸了解現在是什麼狀況，擺出一張神氣的表情看戲。

史蒂芬如此過剩的侍奉反而使我過意不去。畢竟那些讓他傷腦筋的謠言是來自前任領主，並不是他。

天氣一點也不熱，史蒂芬卻是滿頭大汗，拚命對遠處傭人使眼色，同時帶我到位在菜園邊，設有石椅的亭子裡坐。

冰涼的石椅上鋪了毛毯，而幾步外之處有幾個女傭喘得很厲害。

「這庭院真漂亮。」

我是想為對話起個頭，但史蒂芬的表情卻緊繃得像是遭受指責。

「這、這宅子原本是城裡商人的別墅……所以，我、我也知道這裡稍微氣派了點，當初是直接用免除遲繳稅金跟對方換來的……我、我們諾德斯通領地的城鎮在王國和教會對立之後，也受到了一些影響……」

大概是以為我在暗諷他住得太奢侈了。一旁的繆里用膝蓋頂我一下，罵我說話不經大腦。看

來我還是別亂說話，以免把氣氛弄得更僵，便咳兩聲切入主題。

「領主閣下，我接到海蘭殿下的命令，來到這裡了解一下狀況。」

「是、是的。」

與我年紀相仿的史蒂芬坐得像背脊打了鐵棍那麼挺。在他看來，這塊領地的生殺大權就握在我手裡吧。

「聽說這塊領地被一些不好的謠言纏上，像是幽靈船、與鍊金術師有牽扯，還有追尋西方大陸的事。」

我盡可能注意語氣，不讓他聽起來有責難的意思。而他似乎對此已有準備，儘管不時深呼吸也仍適時應聲，像個聽師父考出預習題的徒弟。

緊張的他目光不時游移，另一頭是擔心地搓揉雙手的老執事。說不定他們為了這一天，已經做過很多次模擬問答。

讓我都不禁在心中替他打氣。

「自我從前任領主手中接下當家職務以後——」

史蒂芬說話比想像中沉著多了，起頭就很順暢。

「領地上那些謠言讓我非常擔憂。身為遵從神之教誨的人，真的很難接受。」

他愈說愈沉穩，已經能直視著我說下去。

「請容我花點時間說明詳情。」

「請說。」

在紐希拉的旅館，我聽了很多來泡溫泉的高齡領主們無法說給家臣聽的陳年往事。我微笑著請史蒂芬說下去之後，他像個久旱逢甘霖的農夫般說道：

「追根究柢，所有謠言的開頭都有個鍊金術師。」

繆里原本是對距離菜園一小段路的果樹園比較感興趣，現在注意力也回到史蒂芬身上。

「這個鍊金術師，是前任領主，也就是我祖姨父他原家的家臣。」

這句話出現了令人意外的訊息。祖姨父和原家這兩個詞，讓我猜想傳位過程恐怕有不少曲折。

「不好意思……原來前任領主不是令尊嗎？」

「不是。他是我祖母的姊夫，一個繼承我家名的外人。」

外人這樣的字眼，能感到史蒂芬帶刺的情緒。

但我姑且點點頭，請他說下去。

「雖說是前任領主，但上次傳位已經是好幾十年前的事了。當時的當家和子嗣全死在戰爭裡，只留下還在喝奶的祖母和祖姨母，急需男性繼承人。」

「好幾十年前，也就是前任領主當時還小？」

「是的。祖姨父是旁支，原姓葛雷西亞。葛雷西亞家也因為戰爭而失去領土，只剩他一個活下來。」

愛聽戰爭故事的繆里喃喃覆誦葛雷西亞家，對史蒂芬問：

「他們家之前是大陸那邊的人嗎？」

「您聽說過嗎？」

史蒂芬的反應與其說驚訝，倒不如說是錯愕。

「因為他們是騎士嘛。」

說不定是繆里自若的態度讓史蒂芬以為她是大貴族的子女，立刻就手按胸口笨拙地敬禮。

「沒錯。在那段戰亂時期，葛雷西亞家在大陸那邊也曾有過領土。」

「可是隔著大海，最後還是沒能守住……的樣子。」

繆里熱愛戰爭故事，還聽傳說的黃金羊本人說過他曾經參與的溫菲爾王國建國之戰，這方面的知識可比編年史作家。

「不僅是葛雷西亞家，我們諾德斯通家也飽受戰火的摧殘。一下少了塊領土，一下又失去繼承人。於是當時的國王撮合兩家，保留我諾德斯通家的家名，和葛雷西亞家的血脈。」

看來他提起前任領主就有那麼點不悅，是來自於他繼承諾德斯通家的血脈，但前任領主卻是別家的人。

「至於在戰火連天中，帶葛雷西亞家唯一倖存者逃出生天的，就是那位鍊金術師。」

身旁繆里露出終於明白的表情，幾乎都能實際聽見她嚥下狀況的聲音。所以鍊金術師不只是葛雷西亞家的功臣，根本就是救命恩人。無論提出怎樣的要求，前任領主都會接受吧。

「而且諾德斯通家現在能靠小麥如此壯大，也是那位鍊金術師的功勞。」

這就教人意外了。

「是鍊金術師教前任領主怎麼種麥的嗎？」

「資深傭人和前任領主是這樣說沒錯。他使用蒐集自全世界的各種耕法和麥種，經過無數次試誤之後終於種出強韌的小麥，規劃出效率非常高的種植結構，非常非常辛苦。」

見過那片田野的我，很容易就能想像那是多麼累人的事。

「不過在過程中，該說因為他是鍊金術師嗎，那個，他們無所不用其極，什麼方法都願意嘗試……」

史蒂芬支吾起來，向我窺探。

「請放心，這裡的對話只有我和神知道。」

於是他點點頭，開口說道：

「要是有所隱瞞，讓您日後從別處聽說而招來不必要的疑惑也不好。黎明樞機大人，我是相信您是個公正嚴明的人物才對您說的。」

隨後的吐實，的確配得上如此誇張的前言。

「前任領主他們，為了促進小麥生長，甚至試過在月圓之夜裡獻祭山羊。」

「這……」

雖然我說不出話，但從史蒂芬的口吻聽來不像是異端信仰。

「那種祈求豐收的儀式，好像是某個遙遠地區自古相傳下來的。聽目擊的農夫說，年輕的前任領主在田裡到處灑山羊血，鍊金術師在一邊唸咒。然而似乎是沒有效果，做幾次就放棄了。」

但還是試過幾次。想到咽喉被劃開的山羊，我就忍不住摸摸自己的喉嚨。

「相反地，如果聽說讓虔誠的聖職人員到田裡鼓勵小麥就能長得好，他就每天請人到田裡唱讚歌呢。」

那顯然是在祈求神的護祐，但從目前田裡並沒有見習的聖職人員四處閒晃來看，想必是沒有好消息。

「總而言之，那種常人想不到的方法，他們試過了不曉得多少種。最後他們終於找出正確方法，讓小麥能夠深深紮根，結出飽滿的穗子。」

「那城裡的雕像和祭典裡會出來的那個就是鍊金術師？」

史蒂芬眨眨眼睛後回答繆里的問題。

「您是說聖烏蘇拉嗎？如您所說，那是前任領主為讚揚鍊金術師的功績而選的守護聖人。因為小麥是靠鍊金術師才種起來的事，傳出去不太好聽。」

儘管鍊金術師不等於異端，卻可說是無限接近異端的職業第一名。即使是救了他一命，使領地變成金黃小麥產地的大恩人，也不能公然尊崇。

話說回來，既然從那麼多農耕守護聖人挑了個女性，那鍊金術師想必也是女性了。猜想前任領主可能愛上鍊金術師的繆里和我，忍不住互瞄一眼。

「應該是經過了這樣的事，在前任領主的妻子也就是我的祖姨母沒有留下孩子就過世後，鍊金術師就漸漸地為所欲為了。小麥的培育安定以後，她終日埋首於自己喜歡的研究，前任領主也對她有求必應。於是從那時候，開始有人懷疑她是異端，導致前任領主被召進宮裡澄清。」

這與海蘭的說法相符。知道背景以後，也能理解為何最後沒有受罰了。

同時，還理解了身邊人為此所苦的心情。

「那麼幽靈船……和新大陸的事也都是這樣來的？」

我盡可能自然地說出我們最想知道的事。

「是的。前任領主說，鍊金術師是透過占星術，認為西邊一定有大陸存在。」

好像聽見了繆里的嘆息，但我裝作不知道。

「幽靈船是來自他們為航向新大陸而拿船作的實驗。為了讓船經得起瞬息萬變的航海，他們都刻意挑選風浪大的日子出海，讓船承受大浪的翻攪來尋找哪裡需要改善，因此讓很多人誤以為那是幽靈船。」

對於西蒙斯的故事真相，繆里曾提出那或許是鍊金術師想造出幽靈船的假設，其實也說中了七八成。

「然而這位鍊金術師也在很久以前過世了，記得是我出生以前的事。但前任領主似乎還沒放棄航向西方盡頭的事……」

史蒂芬眼見風暴散去般嘆氣，憂慮地在腿上搭起手。

在隨後而至的沉默中，繆里問道：

「我們還聽說以前的領主買了很多叫愚人金的東西，那是用來做什麼的呀？」

史蒂芬大口深呼吸後，無力到極點似的回答：

「前任領主好像到現在都會拿去供奉在鍊金術師墓前，因為冶金才是她的專門領域。」

「冶金。」

記得黃鐵礦不適合用來煉鐵才對。

「是的。因為能從黃鐵礦提煉出一種酸，是她做實驗需要用的東西。」

「您說酸嗎？」

「對。因為一般人幾乎都不懂那背後的道理，難免會有人猜想他們買愚人金是用來做些見不得人的事。但也因為有這種事，前任領主才開始供奉黃鐵礦，以告慰鍊金術師在天之靈。」

「原來如此。」

在麥田邊，繆里說前任領主可能是很重道義的人。

我如此一道答覆當時的繆里後，史蒂芬嘆了口特別重的氣，用懇求的表情向我看來。

「黎明樞機大人，您也聽見了，我們這塊領地經歷了許多波折，而前任領主也確實為那個被當成異端也難以辯解的鍊金術師種種行為，給予了非比尋常的傾力支持。但那一切都沒有背離神的教誨，全是為了讓小麥結實纍纍，拯救百姓於飢苦之中。求求您體諒前任領主與鍊金術師的關係，施捨我們一絲絲慈悲吧。」

在領土戰火遍野，家族覆滅的危機中，是鍊金術師牽著前任領主的手逃了出來。長久以來種不出作物的貧瘠領地，也被她一手打造成收穫豐碩的小麥重要產地。

前任領主怎能狠心拒絕如此大恩人大功臣的要求呢。

「一些愛道人長短的人，動不動就會把我的家族、我的領地說得像是被神遺棄，受了詛咒一樣，但那全都是胡說八道，還請大人明鑑。」

史蒂芬的神情是那麼真切，不像是在演戲，他的說法也相當合情合理。

「神一定也知道您是個虔誠的信徒。我一定將自己所見所聞彙報給海蘭殿下，應該是沒什麼好擔心的。」

海蘭還想保護諾德斯通家呢。

史蒂芬不勝感激地挽起我的手，還將額頭靠了上去。先前的恭迎也好，他似乎很喜歡這種誇張的動作。忽然間，他緊緊握住我的手。

我看向他，見到的是簡直以死相求的真切眼神。

「我知道在您了解我這領地的問題之後還提出這種要求，實在是厚顏無恥之舉，但您一定要幫幫我。」

「幫……幫什麼？」

他求得像是快沒命了一樣，但從他方才所言，這塊領地應該沒有那麼嚴重的問題，究竟是怎麼了呢。想到這裡，史蒂芬如此說道：

「為了展現諾德斯通家，以及居住於這拉波涅爾與其周圍的百姓，都正確奉行神的教誨在生活，我盡全力採取了各種行動。讓教堂很早就開放大門，要求人們前往禮拜，並且克制天黑後的娛樂行為。」

先不論實際上如何，表面上的確讓這裡像是個信仰虔誠的城鎮，史蒂芬也不像是另有所圖。

「我也覺得拉波涅爾的氛圍很不錯，所以問題是……？」

「是的。我之所以做到這種地步，一半是我真的認為信徒就該如此，另一半則是因為本地教堂的主教拉庫羅大人。拉庫羅大人也是在我繼任的那時候升為主教，非常熱心於聖務，對神當然也是十分忠貞，但是……」

從史蒂芬強忍胃痛般的表情，可以猜想他說不出的是什麼話。

「他將諾德斯通家視為異端嗎？」

史蒂芬慢慢點了頭。

「只要不解決根本問題，恐怕無論我如何費盡唇舌，再怎麼向神禱告，都無法化解拉庫羅主教的誤解。我祖姨父這位前任領主，是絕對不會向教會下跪的人。別說從不理會教會的召喚，送了質詢書過去都裝作沒看見。」

從一旁動靜，能感到繆里端正了姿勢。

是因為她覺得那已經是異端的行為吧。

然而史蒂芬卻用身心彷彿被兩個大輪磨滅過的臉龐這麼說：

「我祖姨父並不是異端，就只是個像熊一樣的人罷了。」

如此短短一句話，讓我有豁然開朗的感覺。

如同「像狼一樣狡猾，像羊一樣溫順」等比喻所示，每種動物都會和某種獨特的意義相連結。

這裡所提到的熊，具有相當強烈的意思。

腦海中浮現出一個極為頑固倔強的老人。

「但我相信，就算是祖姨父那樣的人，也不得不聽解決國內諸多問題的黎明樞機大人說幾句話吧。拜託您設法說服他，請他化解拉庫羅主教的誤解。不然的話，我相信拉庫羅主教很快就會帶異端審訊官過來正式舉發，把事情鬧得一發不可收拾。」

在這個王國與教會之爭愈演愈烈的狀況下，那究竟意味著什麼呢。在史蒂芬看來，一定是自己的領地恐將加劇王國與教會之爭而害怕得不得了。

而且就現況而言，實在沒有人能夠斷言這種事不會發生。

諾德斯通家掌握王國重要的小麥產地，海蘭希望這裡能常保安康。

我也想向前任領主請教新大陸的事。

就算沒有背後這些緣故，眼前史蒂芬的表情也急切得足以讓我答應了。

「即使能力微薄，我一定全力以赴。」

史蒂芬露出聽見天降福音的臉，向我深深鞠躬。

史蒂芬沒那麼激動以後，怯生生地邀我們共進午餐。不過我們是臨時來訪，傭人們又始終手足無措的樣子，我就不忍心害他們忙昏頭了。見我鄭重婉謝，遠處似乎有幾個女傭鬆了口氣。

「前任領主在拉波涅爾郊外的森林裡蓋了棟小屋，一個人住在那裡。說好聽是隱居，說難聽就是拒絕與人來往，讓乖僻的毛病更加惡化。」

史蒂芬在告別之際留下這句話。他最擔心的，就是黎明樞機到訪小屋時，正好撞見他在割開祭羊喉管之類的吧。

「其實我是真的很想與您同行……可是我答應過前任領主，絕對不會踏進他的森林。」

看來亞茲聽說的他們關係惡劣，甚至把老領主幽禁起來的事並不正確，但也不是毫無根據。

「啟程前請通知我一聲，我會派人為您帶路。」

「感謝您如此費心。」

聽我這麼說，史蒂芬就像是用完了最後的力氣，原本就很斜的肩垂得更厲害了。

「史蒂芬閣下，願神保佑您。」

這句話，讓他燒完的燭芯彷彿有那麼一瞬間又燃起了火光。

我們搭乘來時的馬車離開領主宅邸，史蒂芬在大門口目送了我們好長一段時間。那應該不只是禮儀周到，而是他單純就是那樣的個性。

路途並不遠，馬車很快就抵達港口，回到商行。目送刻有諾德斯通家徽的馬車消失在街道雜沓的喧囂中，繆里喃喃地說：

「領主也有很多種呢。」

在繆里常聽的故事裡，領主不是使得一手好劍的智將，就是葡萄酒不離手，行徑歹毒又腦滿腸肥的大壞人。

「其中也有古道熱腸，心地善良的人。這塊領地在他的經營下，應該會風調雨順吧。」

「另一個照他來說，像隻熊一樣呢。」

如同傭兵團常用象徵強悍的狼作旗徽，以熊作比喻也有其獨特的意涵。

「大哥哥，現在怎麼辦？」

繆里手扶在劍柄上，泛紅的眼睛燦爛發光。

大概是把乖僻的老領主當成冒險故事的反派了。

「……中午都還沒過呢。」

「那就決定嘍！」

我們找到亞茲說明原委，他便為我們備妥馬車。為防不測，這次他也要同行。

才剛坐車回來，又請亞茲派人到諾德斯通家請人帶路到前任領主的住處，最後趕來的是一個氣喘吁吁的青年園丁。

忽然掉下來的重責大任，讓青年一時慌了手腳。繆里微笑著請他鎮定，他臉都紅了，但不是為了先前的緊張。愛搗蛋的繆里會過聖庫爾澤騎士團的羅茲以後，似乎掌握了些什麼。

我告誡她騎士不能做這種事，她卻給我裝糊塗。

就只有這種時候特別世故。

「我們出發吧。」

隨亞茲一呼，馬車開始往西北行進。

我們從港都前往拉波涅爾較舊的區域，由此再向北行。以為是一片平坦的麥田，實際上是連綿的平緩起伏。行進一段時間後，能看見一片座落於低窪處，有如小池子的森林。

麥田和森林離得很近，還以為是這裡還沒開墾，結果林子口有座小工坊，帶路的青年在那停下馬車。

「順著路走就會到老領主的屋子了。史蒂芬大人有吩咐，我們不能進這座森林……」

「知道了，我們自己走過去。」

青年立刻鬆了口氣。

於是我們三人將貨馬車交給青年看顧，就此走入森林。

「這森林真不錯。」

據說溫菲爾王國在很久以前有大片森林，但隨著城市擴張而逐漸減少，因此像這樣的森林很稀有了。

沿著彎彎曲曲的小徑前進，再從感覺不太穩固的木橋渡過小溪之後，我們在森林深處發現一處豁然開朗的地方。

呈現在眼前的是一棟爬滿青苔，讓人懷疑有魔法師居住的黝黑屋舍。

「這裡很適合有怪謠言的怪人住呢。」

我懂繆里的意思，但仔細看看周遭之後，我有些發現。

「窗戶有鑲玻璃耶。而且妳看，木柴在牆壁邊堆得很整齊，煙囪是石頭砌成的，周圍的草也除得很乾淨。那些看起來像雜草的植物，其實全都是藥草喔。」

「真的耶，雞都吃得胖嘟嘟的。」

不僅是雞，放養在房子後頭的豬和羊也悠哉地吃著草。

與第一印象不同，主人花了不少工夫在維持環境。

就算他是個天天鑽研詭異魔法的異端，也是個會在白天辛勤揮汗工作的人。

「而且……這個味道……」

繆里仰高鼻子到處嗅。

「有大哥哥的味道。」

「我的？」

還沒來得及問清楚，屋裡已傳來聲音，門猛然敞開。

「古拉托！結果怎麼樣了！」

一邊撫摸著稀疏白髮一邊走出來的，是個長了大把白鬚的鷹鉤鼻老人。

「古拉托……嗯？」

屋簷深長的古式房屋內，在白天也相當陰暗。

他又出來得很匆忙，大概還沒習慣光線吧。

這位老人瞇著眼看了我一會兒後說：

「你是古拉托派來的嗎？」

正想自我介紹時，老人的眼睛瞇得更細了。

「不對。這位小哥，你就是黎明樞機吧？」

我被他指得倒抽一口氣。

「哼……史蒂芬派你來的？那個蠢蛋進來森林了？」

老人伸長脖子，往通往小屋的林道張望。

傻住的我這才總算回神。

「請問您是——」

「諾德斯通。」

在那雙老人特有的透徹淺色眼睛注視下，我一時說不出話。

「你已經跟史蒂芬打聽得差不多了吧。」

這句話讓我明白他在試探我，以退休領地名自稱也是故意的吧。

見我被對方牽著鼻子走，繆里似乎很不滿意，搖頭嘆氣。

「你就進來吧，反正我非見你不可。」

「我？」

自稱諾德斯通的前任領主沒回答，逕自進屋去了。

「這個老爺子很有意思嘛。」

繆里用接受挑戰的眼神注視諾德斯通的去向。有綁上繡金腰帶，穿修女風格長袍，紮了辮子的繆里在身邊，讓人感覺格外安心。

「我就留在外頭吧，有多餘的人在場不方便。」

亞茲似乎一眼就了解了諾德斯通的為人。

「知道了。如果有什麼萬一，就靠您幫忙了。」

我說得很認真，亞茲卻只是聳肩輕笑。

跟著戰場聖女進屋後，脫口而出的是讚嘆的嘆息。

「好像住了三個大哥哥呢。」

裡面簡直是書海，繆里說有我的味道就是來自於此吧。

「真的好厲害。」

隨處可見龜裂的書皮，鏽跡斑斑又根本沒掛上的防盜鎖，因紙張膨脹而失去效用的書扣。保存狀態都說不上完好，但購置這麼多書仍需要一定的資本。史蒂芬說他為了鍊金術師傾注了不少領地收入，看來是一點也不誇張。

「好像沒有其他人在耶。」

繆里仔細環視周圍，連書間暗處也凝目注視。我則是很想知道高高堆起的書裡都寫了些什麼，忍不住就拿一本翻起來。

「這個房間……哇啊。」

繆里往門口左側的房間探頭，並吃了一驚。

房間右側的牆整面都是櫥櫃，陳列著各種岩石。有水晶那樣叫得出名字的，也有長滿紫色寶石的石塊，美麗的綠色礦石，甚至像地上長出閃電的自然金礦。

該說理所當然嗎，有如石中骰的黃鐵礦標本也包含在內。

「哇……好多喔。大哥哥，這裡會不會有那個啊？」

「哪個？」

「石頭布的那種石頭。」

是說我們在迪薩列夫發現的聖遺物，聖涅克斯之布吧。
這塊傳說中絕不會燃燒的布，其實是由岩石構成的。
「妳說石棉嗎？」
諾德斯通的聲音先從更深處的房間傳來，接著現身。
「難得有人知道那種東西。妳對石頭有興趣嗎？」
「我是之前剛好看到那種不是植物不是蟲絲也不是金屬的怪布，結果人家說它是石頭構成的，真的嚇了我一跳。」
「記得那是火蜥蜴的鱗片。我這沒有，不過我對那種稀奇的東西很感興趣。」
繆里眼睛忽然亮起來，是因為那充滿冒險氣氛的稱呼吧。
「火蜥蜴的鱗片耶。」繆里笑呵呵地抬頭看我。
「我說得沒錯吧，這幫人才不是普通的狂熱信徒。」
「咦？」
當繆里聞言轉頭時，諾德斯通早已背對了她。
她狐疑地四處查看，咿唔一會兒後往我看。
「自言自語吧。」
我對她耳語。故事裡離群索居的隱士，常有這樣的描寫。如此對心中另一個自己說話，可說是年邁智者的特徵，但由於對象別人看不見，容易惹來麻煩的誤會。

我想關於諾德斯通的種種謠言，一部分或許是來自這樣的行為。

繆里回頭看看陳列礦石的櫃子，再跟上諾德斯通的腳步。

隔壁房間裡同樣也堆滿了東西，但給人彷彿商行的感覺。我首先注意到的是分隔成小方格的板子，像是藥材行會有的東西，每一格都裝滿了不同種類的麥穀。

「好多麥子喔……每種形狀都不太一樣耶。有好多種長相。」

「是從世界各地找來作研究的嗎？」

據說每塊地結出的小麥都有不同特徵，而其中自然有些人人追求的共通點。例如莖短、耐寒、結穗豐碩等。羅倫斯曾告訴我，具備這些特徵的小麥會有各地的人想拿去培育，價值很高，不會用糧食的價格去賣。可是赫蘿也說，小麥換了土地就很難紮根，往往以失敗收場。人們即是反覆跨越如此的困難，培育出更強壯的小麥，努力使其紮根。有時是為了賺錢，有時是為了在貧瘠的土地種出穀物，脫離飢餓與窮困。

貼滿牆的陳舊紙張，以優美筆跡記載著各種小麥的成長過程與特徵。在過去麥田沒這麼廣大時，他們都是對著這些紙為小麥的育種大傷腦筋吧。

在諾德斯通天天腦力激盪的書桌上，擺了堆積如山的紙疊。墨已乾涸的墨壺滿滿像火山一樣，寫壞的羽毛筆到處亂丟，宛如啃食過知識之鳥的殘跡。

還能見到醒腦用的生洋蔥，讓人感覺很親近。

「嗯？大哥哥，那是什麼？」

繆里指的是像藏在房間窗邊的大型金屬裝置。

「會是蒸餾器嗎？」

要兩個大人才能環抱的裝置，在這擺滿東西的房間裡顯得很侷促，只看得見頂部。

說不定是想藉著小麥育種之便開發容易賣錢的商品，也對如何製造啤酒做了番研究。

不過這蒸餾器作工精細，看得見的部分近乎完美球體。表面上層層交疊的曲線，或許是某種魔法圖紋，用來與酒的精靈對話之類。

又或者是從黃鐵礦提煉酸的器具也不一定。想到這裡，裡頭的房間傳來諾德斯通的聲音。

「還不快過來？」

看好奇的繆里仍對這房間依依不捨，我揪起她的衣服更往裡頭走。

房裡有灶有水桶，還有張餐桌。敞開的後門外，有隻豬故意擋路似的躺在那裡。

「這裡沒那麼多東西，比較能放鬆呢。」

這裡的確和其他房間不同，經過妥善整理，有突然安靜下來的感覺。

諾德斯通坐在椅子上，以手勢要我們坐下。

「因為只有這裡不是我的地盤。」

這句話讓我想起他先前急著叫人的樣子。

「這裡是那位古拉托管的嗎？」

諾德斯通看著我聳聳肩。

「你們今天早上去見史蒂芬了嗎？」

他掌握了我的行動，又能一見面就認出我是黎明樞機。

若不是透過魔法，那顯然只有一種可能。

「城裡有您的眼線嗎？」

「在那個笨蛋接到消息以前，我就知道你們來到拉波涅爾了。」

往繆里一看，她也模仿諾德斯通似的對我聳肩。

諾德斯通領地，就是在眼前這老人的經營下成為富足之地的。

想必往日權勢依然是深植城中，有很多人在替他傳遞消息。

「但沒想到你們會先去看田，你們不是來抓異端的嗎？」

「我並不是聖職人員，此行的目的也不是審問異端。」

聽見這樣的回答，諾德斯通稍微挑起一邊眉毛。

「那你這個在王國家喻戶曉的黎明樞機跑來我的領地做什麼？」

說「我的領地」或許是某種文字遊戲吧。

那指的可能是拉波涅爾的港口，也可能是這棟林中小屋。

「主要是新領主為了保護領地不受謠言侵害，想證明自己的清白，所以我就來調查了。」

「哼。」

雖然諾德斯通似乎不好相處，但這種頑固的退休領主我在溫泉旅館就見過很多個了。於是我回想著當時說：

「再來就是，我想多了解一點新大陸。」

「什麼？」

見到諾德斯通出乎意料而瞪圓了眼，我再加把勁追擊。

「我在想，新大陸的存在說不定能成為和平解決王國與教會之爭的祕密武器。」

「……」

錯愕的諾德斯通露出本來的面目，隱約能看見一個好奇心旺盛的少年的影子。看似乖僻的嚴肅臉孔，或許是領主專用。

「諾德斯通閣下，能助我一臂之力嗎？」

我刻意用原來的領主名稱呼他。

因退休而更為乖僻的前領主，清一色都很害怕孤獨與喪失。

聽見有人說他依然位在世界中心，希望借助其力量時的表情，基本上都是一樣的。

「……看來你不是個普通的年輕人。」

「不敢當。」

耍這種手段也許不怎麼正當，但目的是為了救人，神也會原諒我吧。

「既然這樣，事情就好說了。」

諾德斯通這句話給了我一點想法。

「您先前說，您有必要和我見上一面，跟這有關嗎？」

「一點也沒錯。既然你知道新大陸的事，應該也知道過我向宮廷募過資吧？」

「是的。很遺憾事情不太順利。」

我委婉的說法讓諾德斯通晃動他的鷹鉤鼻笑起來。

「豈止不太順利，根本就是把我當成了騙子，害我吃盡了苦頭。想到就有氣，那些人明明聽見根本不存在的金山就會口水流滿地，真的是什麼都不懂。」

不知情的人或許會覺得是五十步笑百步，但對我或繆里而言，新大陸比金山重要得多了。

「可是加上你的威信以後，事情就不一樣了。你背後有王族撐腰沒錯吧？」

意思是說若憑諾德斯通之名籌不到資金，換上黎明樞機的招牌就行。

即使我可能是想揭他領地瘡疤的敵人，也依然打起非常實際的算盤。雖然與伊弗那樣的商人不太一樣，但骨子裡應該是同樣理性的人物。這老人身上有某些宛如那廣大麥田，能使人折服的東西。

「你剛剛說的那個，和平解決王國與教會之爭的祕密武器是吧？那是王族的計策嗎？宮廷想找新大陸了嗎？」

現在要一舉進攻。話說得含糊了，反而會有反效果。

「不，那純粹是我的想法，還在構思當中。所以，還請諾德斯通閣下替我指點迷津。」

我也畫下防線，同時緊抓機會跟上。

「……哼嗯。」

諾德斯通忽然擺出品頭論足的表情，往繆里瞄一眼再往我看。

「至少你不像是從史蒂芬那接了無聊工作的蠢蛋。」

「啊，也不盡然……史蒂芬閣下還是希望我來說服您向教會的拉庫羅大人解釋一切。」

「哈！」

諾德斯通發出個正適合用嗤之以鼻來形容的笑，厭惡地皺起眉頭。

「向神下跪就算了，憑什麼要我跟那些蠢豬低頭？如果他們還有點腦袋，我探索西方大陸的計畫就能有所進展了。」

前半我還算有點共鳴，可以略過不管，但後半就不能裝作沒聽見了。

「探索西方大陸的計畫？」

「對，沒錯。教會的人從當時就不知道找了我多少麻煩。」

「那是因為……鍊金術師的存在？」

史蒂芬曾說新大陸是鍊金術師藉占星術算出的結果。

「奢侈的教會也不想想他們吃的麵包是從哪來的。讓麥子結穗的可是我家的鍊金術師，可是那些人卻只是因為她是鍊金術師就想迫害她。想當年教會自己還是靠鍊金術師打勝仗的，簡直豈有此理！」

諾德斯通將多年怨恨一口氣宣洩出來後，大口吸氣又輕哼一聲。這時，繆里小聲問他：

「選聖烏蘇拉當祭祀的對象，就是為了出一口氣吧？」

諾德斯通打量了繆里一會兒。論起籠絡乖僻的前領主，在紐希拉可沒人贏得過她。

「爺爺是個不會忘恩負義的人呢。」

「……沒錯。那些開始討好教會就變臉的人實在太可惡，我也好恨只能用那種小手段出氣的自己。」

繆里深深點頭，將海蘭賜給她的細劍連鞘一起從腰帶抽出來。

「我也不想看到任何人汙衊大哥哥，把他的功勞說成是別人的。」

鞘上有狼徽，我的腰帶上也繡了個小的。若是一般情況，聽見繆里這樣的少女說這種話，只會笑她懂什麼吧。

可是諾德斯通卻在嗤笑前短短地問：

「我注意很久了，你們怎麼會有同樣的徽記？」

「因為我是大哥哥的騎士啊。」

繆里答得不假思索。

諾德斯通的眉毛當場就垂了下來。

那表情讓我意外到花了很長一段時間才發現他在笑，而他接著說出的話更教人吃驚。

「哼……好像看見以前的自己……」

但繆里似乎已經有相當的把握，就等他這麼說似的回答：

「爺爺你也跟我一樣，想保護鍊金術師吧？」

繆里的想像力令人咋舌。諾德斯通和鍊金術師也有段年齡差距，想必她也在這塊領地見到了一個獲救的少年為保護遭人歧視的鍊金術師，拚命挺直背桿揮劍的情景。

「只是我……沒能保護她到最後。」

「但你依然繼承著她的遺志。」

諾德斯通對繆里柔柔一笑，撐著桌子費勁地站起。

「都忘了弄點東西給你們喝了，平常這種事都是交給古拉托來做。」

說不定不是繆里口才好，而是她一開始就察覺他們的共通之處了。又或者單純是她在四處打聽之中，發現諾德斯通這個人和她會合得來而已。

繆里看著諾德斯通生疏地準備飲料的背影，並往我瞥一眼。我低頭表示佩服，她便滿意地點點頭。然而沒能保護重要之人的話題，也會指向她自己。

諾德斯通家受盡了大時代的顛沛流離。

建立起一個時代的前任領主，一次將三大杯葡萄酒擺在桌上。

「如果是沒見過世面，只懂拜神的笨僧侶，我還打算騙起來替我做事呢。」

諾德斯通這句話逗笑了繆里。

「要是騙你們這樣的人，我就沒臉去見鍊金術師和我過世的妻子了。」

聽了這段彷彿自囈的話，我和繆里不禁互看，而諾德斯通喝一口葡萄酒後繼續說：

「拿一些假證據出來，請你們幫忙去宮廷募資這種事簡直輕而易舉。證明新大陸就有機會調停王國與教會之爭這種話，真虧你說得出來。」

雖然目前都只是假設，不過我認為那的確有追尋的魅力。要是拿得出像樣的線索，說不定就會撲上去搶了。

「王國和教會正在爭奪什一稅這些為數有限的金幣。要是出現了新大陸這個全新的戰場，很可能會讓他們放下眼前的爭執。」

「喔？事實上，國王和教宗也沒想到這場糾紛會拖得這麼久吧，如今雙方都應該很想收手才對……但這樣面子就掛不住了。所以一旦發現新大陸，就有藉口放下餿骨頭衝過去搶肉。這想法倒是不壞。」

或許是他和伊弗有所類似，很快就明白了箇中道理。

「可是聽諾德斯通閣下的語氣……」

我試探性地問，只見這位年邁的前領主很不甘地嘆息。

「是啊，我根本就沒有可靠線索證明新大陸存在，要是你們去宮廷說情，也只會弄臭自己的名聲而已。」

撲了個空啊。

我盡可能不在臉上表現出失望，但不知是我本來就藏不住，還是諾德斯通眼尖，他反而哈哈大笑起來。

「聽過了我那些謠言，也難怪你會以為我是有把握才去找的。」

「這個……是的。」

「我家的鍊金術師倒是很肯定就是了。」

史蒂芬曾提過占星術。

即使不是異端，鍊金術師的目光也仍是投往不切實際的方向。

「開端好像是我們在收集各地耕法和麥種的途中，發現文獻裡有這方面的紀錄。」

諾德斯通如此開頭之後，將葡萄酒中的葡萄殘渣當酸澀回憶般取出口中。

「在小麥的生產方式這方面，有很多模仿古帝國範本的文獻。這個帝國大到東西兩端是不同季節，所以一般是認為世界上還有我們沒發現的大陸。甚至有人提議開發在船上種麥的技術，好熬過遙遙無期的航海。」

繆里非常喜歡這類故事，不過她這次聽得很安分。

「就某方面而言，我家的鍊金術師也許是為了我妻子才相信新大陸存在的吧。」

「您的妻子？」

諾德斯通對繆里點點頭。

「這塊土地原本是種不出多少食物的荒地。當家的大人死光之後，像她那種小女孩生活頓時陷入困境，長期三餐不繼。因為這個緣故，她長大以後也經常臥病在床。我之所以沒有放棄這些不知道什麼時候才種得起來的麥子，就是為了從小就和我立下婚約的妻子。那時候我還是個連鬍子都沒長的小鬼頭呢，一心只想著要讓她吃香甜的麵包而已。」

史蒂芬說他會割開山羊的咽喉，在田裡灑血。

彷彿能看見年少的諾德斯通在月光下焦急的神情。

「我家的鍊金術師雖然有點不食人間煙火的樣子，可是和我妻子很合得來，經常一起幻想一些有的沒的，其中之一就是新大陸。」

對臥病在床的少女，說西方大海盡頭的事。

既然諾德斯通如今依然在追尋這件事，意義就大不相同了。

「我沒有孩子，也沒有諾德斯通家的血脈。雖然養出了能種在這裡的麥子，在這塊土地上，我卻始終覺得自己像個外人。」

繆里吸氣似的挺直背脊，是因為她深有共鳴吧。

這位少女也是在地圖前感受到，這世界沒有任何一處能真正容得下她。

「所以我雖然都裝作沒聽見那些閒言閒語，卻一直走不出來。其實，我妻子大概也注意到了吧。」

諾德斯通望向敞開的窗外說：

「我妻子曾笑咪咪地說，總有一天要替她把新大陸找出來。說不定，那是要我在她過世以後不要再管家裡的事，去過我想過的生活。」

他們都是在時代的洪流翻攪下，在這塊土地相遇的人。

而且諾德斯通說，他遇見妻子時年紀還很小。

兩人的感情或許超越了夫妻，甚至是兄妹、一起熬過艱辛時期的戰友。

「我家鍊金術師雖然總是面帶微笑，但也有異常頑固的一面。不曉得是跟我妻子說久了，自己也認真起來，還是她原本就有這個意思，總之一轉眼，她就一頭栽進了新大陸裡。」

「結果壯志未酬？」

繆里輕聲發問，諾德斯通點了頭。

「我非得繼承她們的遺志不可。喔不。」

前領主又露出少年的臉龐。

「都聽了那麼多，我也好想親眼看看。」

要是繆里的耳朵尾巴露在外面，會膨得像開花一樣吧。

「史蒂芬拿我的研究經費發飆就算了，可是教會卻把鍊金術師搬出來，逼我為過去的過錯懺悔，我說什麼也不會低頭。這下你明白為什麼了嗎？」

由於主教對神非常忠貞，對話中恐怕沒有體諒，而是單方面定他的罪，要在他懺悔後居高臨下地赦免他的罪。在主教看來，這或許都是為了維護正確信仰而不可免的過程，但諾德斯通也不是無端抵抗。

而繆里當然是站在諾德斯通這邊。

「大哥哥。」

她直接就拿出質問的口吻，投來「不會不懂吧？」的眼神。

「事情我明白了。」

我想，史蒂芬對這部分也是清楚得很。

然而這不會改變拉庫羅這位主教存在的事實，王國與教會之爭造成的危險狀況也是千真萬確。迫於現實，史蒂芬不得不為保護領地而咬牙掌舵。

思考該怎麼表達後，我認為只能誠實以告。

「為了領地的安寧，能請您再一次拿出領主的臉孔嗎？」

我知道這是強人所難，但是當了領主大半輩子的他，這種事不會只遇過一兩次。依我看，他的乖僻態度，在森林裡蓋出這樣的小屋獨自生活，還不准史蒂芬進森林，全都是因為明理才做的決定。

由於了解這是怎麼回事卻不想順從，乾脆就躲起來了。

「……你是要我向教會下跪嗎？」

「不是為了名，是為了實。」

諾德斯通的臉一半在笑，是因為諾德斯通家領主這個「名」，早就讓出去了。

而這位闢出驚人田地的人物如此反問：

「實是什麼意思？」

「雖然我無法保證……但我能和海蘭殿下商量探索新大陸的事。」

諾德斯通另一半的臉也笑起來，是因為我到了關鍵之處卻無法果斷，話說得很保留。

「你身邊的騎士臉色很難看喔。」

傻眼的繆里在說「你再這麼丟人，我就要喝酒嘍」似的將手伸向裝葡萄酒的帶把大杯子。

「人在緊要關頭，就算是做不到的事也要說得很簡單一樣。」

「……我會銘記在心。」

諾德斯通又一次愉快地搖肩而笑，說道：

「那麼在實這方面，我有件事要拜託你。」

「什、什麼事？」

諾德斯通用平靜的眼注視趕緊坐正的我，繼續說下去。

「想去新大陸是一件花錢的事。可是我讓位之後，就失去了可以自由運用的領地資金，所以只好靠自己來賺，用我要拿來航向新大陸的船搞起了走私。」

是要我幫他走私嗎？

然而諾德斯通接下來說的是——

「那艘船在前幾天遇上暴風雨，在大陸那邊擱淺了。雖然已經在當地領主的保護之下，一旦被他們知道那是走私船，除了會把船沒收之外，船員都要上絞刑台。」

我想起西蒙斯的話。船隻遇難處的領主有責任保護該船，但若是走私船，則會造成反效果。

「船上也載了些這城市幾個商行的貨。自從王國和教會翻臉以後，貿易網變得很混亂，出現很多難處。要是那些貨沒了，有些商行就會面臨倒店的危險。古拉托已經到港邊去設法善後了，可是到目前都還沒有聯絡，恐怕是沒什麼門路可走。」

看來他是正在為這件事著急，才會一聽見人聲就衝出來。

「不過你們給了我一個主意。你們跟波倫商行有交情是吧？」

既然他知道史蒂芬找來黎明樞機，也知道我們什麼時候到港，自然不會不知道我們是在亞茲介紹的商行下榻。

「是這樣沒錯……」

「雖然那個商行不怎麼規矩，但在這方面就很有門路了。」

聽不出那是誇獎還是暗貶。從繆里笑嘻嘻地來看，應該是前者。

「那個商行應該有辦法把我的走私船弄回來吧？例如裝成正牌商船之類的，這種事他們做得出來吧？」

聽他這麼說，我也覺得伊弗真的會那麼做。

「只要你們弄回走私船，我就盡可能順史蒂芬的意去做。不曉得分點船艙給那個貪心的商行送貨，能不能說動他們。」

只要諾德斯通向教會下跪，就能去除史蒂芬的憂慮。

諾德斯通家將從此安泰，王國麥價也不會遭受衝擊。

而這位老人也能繼續追尋他的新大陸夢。

說不定我和繆里也能往新大陸踏出新的一步。

這樣算是皆大歡喜嗎？

往身旁繆里看了看，她堅定不移的紅眼睛已經做出結論。

儘管走私二字讓我不太舒服，但我告訴自己他一定會去向主教悔改，並這麼說：

「我沒辦法保證，可是我能替你們牽線。」

諾德斯通對我注視片刻，然後垂下雙眼。

「麻煩了。那艘船對我來說很重要，要用它航向新大陸呢。」

那或許是場可笑的夢。

但是聽過原委後，我實在不能一笑置之。

出了屋子，我和繆里回到站在樹蔭下的亞茲身邊。繆里似乎早就知道他在哪，我卻完全看不出來，當他現身時我還嚇得鬼叫。

待平靜下來，我對亞茲說出諾德斯通的要求，而他望著天空思索了一會兒後說：

「應該沒問題吧。以前我們也用過類似的方法弄回走私船。」

雖然不是值得誇讚的事，但至少確定是靠得住。

「那就找隻鳥送信給伊弗姊姊吧。」

繆里在林間小路上這麼說。即使平常都叫夏瓏臭雞，毛病挑個沒完，需要其力量時還是會開口的。

「這樣就能解決這塊土地的問題了嗎？」

「他說只要我們弄回走私船，他就願意向教會下跪。不過，新大陸那邊大概沒什麼希望。」

亞茲稍稍頷首。

「本來還打算要是壓不下來，就要趕快去買小麥等它漲，現在好像沒這個必要了。」

不愧是伊弗的部下，算盤打得很精，我只有乾笑的份。

和在森林出口閒得發慌的青年園丁會合，返抵港都拉波涅爾時，天色已經昏黃。我們回到商行房間後，亞茲便著手寫信，我也一併署名，綁在繆里叫來的海鳥身上送出去。

「要連夜飛回去，讓牠不太高興的樣子。」

「我在信上請老闆多給牠打點賞了。」

亞茲和繆里望著鳥兒飛去的天空這麼說。

「明天早上會到的話，回信最快是明天傍晚吧。」

繆里這句話讓我有點訝異。

「這麼快就能來回一趟啊？」

「如果我認真起來也一樣快，頂多只輸一點點喔。」

我對不知在計較什麼的繆里苦笑，關上木窗。

「話說大哥哥啊。」

亞茲離開房間打點晚餐時，繆里忽然問：

「你辦完這件事以後，還會繼續幫那個爺爺嗎？」

我將被風吹得喀喀響的木窗在窗框裡擺正，咀嚼繆里的話。

「妳是在問我想不想找新大陸吧？」

坐在床上的繆里用聳肩來回答。

「我會信守承諾，安排諾德斯通閣下和海蘭殿下一敘。可是對於新大陸的展望，我不能說謊騙她。更何況向宮廷募資這種事……難度太高。」

線索就只有古代帝國文獻中好比傳說的隻字片語，以及鍊金術師的占星術而已。以此說來，諾德斯通想前往西方大海的盡頭並不是出於理性。

或許是因為他說起妻子和鍊金術師時樣子特別愉快，抑或是他覺得自己不該死在這塊土地。

「不過就現狀而言，能造船去西方大海盡頭的也只有他一個，所以我還是想幫他的。」

繆里似乎很想接受這句話，但到頭來還是嚥不下去。

「那個爺爺自己都說沒有線索了耶。」

意想不到的回答使我挑起了眉。那就像是在說，協助諾德斯通尋找新大陸很沒道理一樣。

但從繆里焦慮的樣子，我大概能了解她想說什麼。

繆里很聰明。

因此，會注意到很多事。

「是這樣沒錯。就諾德斯通閣下的話聽來，他尋找新大陸的依據比我們還要薄弱。」

繆里一定是在想，為什麼腦袋頑固的我會去追那麼模糊的目標。

「可是不管有沒有線索，妳都想幫諾德斯通閣下的忙，沒錯吧？」

繆里嘴拉成一線，厭惡地縮起下巴。

她當然是很想協助諾德斯通，然而她更懷疑我這個濫好人的哥哥，是為了她才接下諾德斯通的請求吧。

而繆里之所以會這麼想，是因為——

「我……不是處處都要人保護的女生喔。」

繆里一定是在諾德斯通背後見到了愣在世界地圖前的自己。而且諾德斯通還是迫不得已地懷抱未竟之志獨留人世，眼前只剩下虛幻的大海盡頭。

對本來就很重感情的繆里來說，這種故事想必是殘酷得難以忍受。願意挺身面對而不是哭喪著臉，已堪稱是有所成長了。但說起來，也有種她太在乎騎士這塊招牌的感覺。

然而一天到晚老是當她是個弱女子，也不是好事。

為了不傷及她的自尊，我想了想後說：

「妳的敵人，就是我的敵人。」

表示我不是想保護她，而是要一起戰鬥。

我看繆里好像把這種騎士道故事常見的經典台詞當成我在打馬虎眼，趕緊再補一句自己的話。

「再說，長大成人並不代表什麼事都要自己解決。」

我在繆里身旁輕輕坐下。

「這點妳看我就知道了吧？」

「……我看是你特別不可靠而已吧。」

賭氣的繆里看著我這麼說，我也覺得真的是這樣，便沉著應對。

「那妳爹娘怎麼樣呢？」

繆里的雙親都是知名的大人物，但他們是互相扶持，才能走到原本單獨一人到不了的境地。

不管怎麼說，繆里最喜歡的還是他們的冒險故事。
儘管如此，在當時還小的我看來，他們也有許多讓人看不下去的地方。
對焦急的繆里微笑，是為了告訴她沒那個必要。
「妳想成為理想中的騎士，我當然會支持妳。只是，騎士一樣需要休息。」
「……」
繆里用力鼓圓了臉，很故意地粗魯扯開綁辮子的細繩，往我抱上來。
「……那今天騎士放假！」
她緊抱著我，聲音模糊不清地說。
我也將手抱在倔強的繆里背上，膨脹的狼尾巴開心地左右大甩。
無奈的我苦笑之餘，忽然想到少年時期生活艱苦的諾德斯通，會不會偶爾也會像這樣投入他人懷中。
繆里將臉擠在我身上蹭了幾下才換氣似的抬起頭。
「幫我梳頭頭。」
還一副想把當騎士時沒撒的嬌全補回來的樣子。
「遵命。」
梳整被她拆散的辮子時，亞茲雙手抱著一大堆食物回來了。

「需要我迴避嗎？」

問得很故意，是亞茲式的玩笑吧。繆里聞到烤牛肩和麵包的味道，當然是忍也忍不住。

隔天是陰天，沒什麼風，空氣略涼。

繆里一早就開了窗，擺張椅子在窗邊看著天空發呆。

昨天還說飛往勞茲本的鳥最快傍晚會到，現在就等成這個樣子。

而海鳥竟也應了她的期待，過中午就飛進房了。

「辛苦啦！」

昨天豐潤的羽毛變得有點毛躁。繆里摸摸牠的頭和翅膀，把昨天特地留下來犒賞的麵包給牠叼住，牠便驕傲地挺胸飛走。

攤開海鳥送來的蠟封信箋一看，首先映入眼簾的是流利的字跡。

「上面寫什麼？」

「要把走私船裝成正規船，需要事先做點準備，這次來不及。所以弄回這艘船的難度會比較高。」

「咦……可是被人發現是走私船不就糟了嗎？」

諾德斯通是說貨品會遭沒收，船員全部絞死。
繆里不解地歪頭往我看，但我也沒頭緒。
「總之先給亞茲先生看看吧。」
我們來到商行卸貨場，將信交給亞茲，他馬上就看懂了。
「老闆是說，要藉口說那是勞茲本緝私官在追的船，把它拿回來。」
「啊，這樣啊。利用裁判權是吧。」
有個聰明腦袋卻還不懂社會結構的繆里，聽得皺起眉頭。
裁判權是掌權者統治人民的根據，極其重要。能制裁罪人的人，就是那塊土地的統治者，同時也關係到罰款與財產充公等金錢利益。想從裁判權下手就必須有充足理由，不然是爭不贏的。
因此，伊弗要把諾德斯通的走私船偽裝成在勞茲本走私的船，直接納入勞茲本的管轄之下。只要給捕獲這艘船的領主足夠的謝禮，就能連人帶船平平安安送到勞茲本。
只要船到了勞茲本的緝私官手上，靠伊弗的手腕或海蘭的權威，不愁沒辦法弄回船和船員。
然而繆里對於這一連串有如利用河水帶動齒輪磨麵粉的流程，似乎不太感興趣。
「只要救得回來怎樣都好啦！然後咧？」
「好的。老闆也已經派幹員搭快船到大陸那邊的港都凱爾貝去談這件事了。」
凱爾貝，令人懷念的地名，但吸引繆里注意的是另一個詞。

「快船？」

繆里在好奇心的驅使下拉長了背，按著我的肩對亞茲問。

而信上還有更多值得注意的地方。

「信上還說，希望我們也到現場去看看。」

「因為不能完全相信諾德斯通吧。說不定是個陷阱，要把我們波倫商行騙過去。」

亞茲說得平靜，我卻不禁倒抽了一口氣。我太想幫助諾德斯通，都忘了那是在幫他進行非法交易。

還以為又會被繆里譏笑，結果她表情也不高興。

「以防萬一而已。」

繆里不滿亞茲懷疑諾德斯通，而亞茲只是淡淡這麼說就折起信紙。

「那麼，我們是要在凱爾貝和幹員會合？」

「沒錯，會合以後再一起前往擱淺地點。」

「知道了。那我們就得趕快弄艘船前往凱爾貝吧。」

我看看繆里，互點個頭。緊接著——

「我已經猜到會是這樣，事先準備好了。」

不愧是伊弗派來與我們同行的人，手腳真夠迅速。

亞茲需要通知史蒂芬我們出城的事，也得向諾德斯通報告進度，便決定留在拉波涅爾。

他替我們準備的船，載滿了王國內陸商人帶來買小麥的羊毛，現在要由另一個商人輸出到大陸去。

繆里才剛讚嘆如此跨越許多疆界的大型商業通路，馬上又為離港不久就看得見的對岸感到吃驚。

「據說以前還有戰士能把標槍丟到對岸去喔。」

「是喔～」

船滿載貨物，風勢又大，搖得很厲害，待在船艙反而危險，於是我們都來到甲板上。所幸看得到對岸，船再搖也不至於暈船。

「你就是在凱爾貝遇見爹他們的？」

「說得精確點，是流經凱爾貝的河流上游。當時我盤纏用盡，不曉得該怎麼辦，結果他們收留了我。」

「啊～也就是為了長生不老的靈藥跟伊弗姊姊大吵一架的時候嘛。」

有種會在寒冷海域迴游的海獸名叫一角鯨，人們將牠那隻奇妙的角視為長壽祕藥的材料。當時凱爾貝捕到了一隻，整座城搶得是天翻地覆。

和繆里的雙親一起在城裡到處奔波的回憶又回來了。

「聽說那裡用貝類做的菜很好吃，會是什麼味道咧。」

「我們不是去玩的喔？」

「唔……我、我知道啦！」

稍一放鬆，野丫頭的臉就會跑出來。

船順利地抓住風向，船頭由南轉北，往稍顯顛簸的海面前進。

最後在槳板猛力拍擊大海下，我們在太陽還相當高的時候就到港了。

「哇，這裡也很大耶！」

繆里說得沒錯，睽違十幾年的凱爾貝比當年繁榮多了。教會與異教徒開戰後，北邊的異教徒與南邊的正教徒長年以來隔岸對立，而北邊在我小時候已經相當蕭條。但如今從船上看來，北邊也大有發展，南邊就是更加熱鬧。

即使沒暈船，船體的搖晃仍留在繆里身上，讓她走得搖搖晃晃。我扶著她，往凱爾貝某棟建築走去。

最後抵達的氣派建築看似商行，卻不是商行。

「羅恩……商業公會？」

沒有多餘裝飾，感覺頗具威嚴的公會入口掛了塊歷史悠久的漆黑鐵牌。繆里費解地唸出招牌上的文字，往我看來。

「妳爹以前是這裡的職員喔。」

即使聽過一角鯨的故事，出生在深山裡的繆里仍對所謂商業公會沒有概念，有聽沒有懂。

一開會館的門，視線就全聚了過來。面對那些幾乎不帶善意的眼神，好勝的繆里直接就瞪回去，但很快地帳台那有人出聲了。

「喔，那該不會是……」

我對那手握羽毛筆，長相斯文白淨的人物仍有印象。

「會長的朋友啊？」

近處一個蓄鬍的商人晃著沾上葡萄酒的鬍子問道。

黎明樞機這名號應也傳到了他們耳裡，說出來恐怕惹上麻煩。還在打算怎麼應付時，在帳台翻動厚厚帳簿的魯德．基曼放下羽毛筆站了起來。

「那就是上賓了。喂，把後面房間打開。」

聽見基曼下指示，一名像是見習商人的年輕人連忙往裡頭跑。

「呵呵，幸會幸會。」

蓄鬍商人在說「請多關照」似的輕輕舉帽，其他商人也變了一張臉，紛紛親切問候。讓我想

起以前旅途中跟這類人打交道的不愉快，不禁苦笑。

我們就這麼在好奇的視線中跟著基曼走。

等門關上，背上那些能清楚感受到的視線消失後，我總算鬆一口氣。

「好久不見，還怕您不記得了呢。」

據說繆里的父母準備在紐希拉開溫泉旅館時，曾向基曼討論過借貸事宜。儘管後來進貨都是透過這個商業公會，但已經很多年沒見了。

「你……喔不，我對您只是有點印象，真正認出來的是這位小姐。」

「我？」

面對愣住的繆里，基曼臉上浮現近似苦笑的表情。

「妳跟令堂長得一模一樣呢。讓人想起當時烙進心裡的那種感覺。」

那是場為爭奪一角鯨，而得將生命與金幣放在天平上衡量的大騷動呢。

基曼請我們在房中的豪華椅子坐下，從小伙計手中接過待客用的銀杯和葡萄酒甕。

「……大哥哥大哥哥，這個人以前暗戀娘嗎？」

繆里偷偷這樣問，害我忍不住笑出來。

「所以有何貴幹？轟動世界的黎明樞機不會無緣無故跑過來吧？」

基曼當年就是個像把利刃的人，對世界情勢自然有一定程度的掌握。再經過這幾年的歷練，還多了份柴刀般的厚重。

「其實這附近有艘王國的船擱淺了，我是來把它帶回去的。」

「喔？」

「我們會在這座港找拖船和人手，想拜託您提供一點協助。」

關於這部分事宜，伊弗也都寫在信上了。或許是我的錯覺，伊弗寫這些指示時的筆跡顯得十分愉快。

「船的部分，伊弗小姐說她會替我們打點，還要我向您問候一聲。」

「……」

和基曼為一角鯨爭得你死我活的對手不是別人，正是伊弗。

基曼的笑容頓時變得像狼一樣，頭髮似乎還豎了起來。

「能……能請您幫這個忙嗎？」

還以為伊弗的意思是與其隱瞞而遭到拆穿，不如一開始就講明，但從基曼的反應來看，多半是另有用意。

「那隻母狐狸……」

繆里像是從基曼的咒罵中聞到有趣的爭吵，眼睛亮了起來。

「能，我當然會幫。」

基曼抹抹頭髮，誇張地交換交疊的腿。

「就讓我們羅恩商業公會來保證兩位在王國與普羅亞尼之間往來時的人身安全吧。這種事怎麼能交給其他亂七八糟的商人呢。」

看來他還在為周邊海域的事跟伊弗較勁呢。

伊弗大概是想透過這封信說她拿下了勞茲本，故意逗基曼生氣。我只能盡可能維持笑容，隱藏希望他們別把我拖下水的心情。

「那麼，船是在哪擱淺的？」

「那個，對，凱爾貝北方不遠處，一個叫凱勒科的村莊那裡。」

「哎呀，那裡就不好辦了。流過這座城的大河帶來很多泥沙，隨洋流在北邊形成了巨大的沙灘。這個淺灘又深又廣，每次暴風雨過後沙洲的位置都會變，船很難走。要是天氣差的時候想靠近岸邊躲一躲，就完了。」

基曼看著牆上的近郊地圖說。

「不過擱淺總比觸礁而四分五裂好得多了。船本身怎麼樣？」

據諾德斯通說，船只是擱淺在沙洲上，並無大礙。

「好像沒事，船員也是。」

「那就不必挖渠修船了。既然這樣，我就去市議會打點一下。現在還不曉得王國和教會最後是誰會吵贏，有很多人想賣人情給王國呢。」

基曼說這些話時，已完全恢復商人的待客笑容。

「對了，這艘船的背景，是最好不要多問那種嗎？」

若是合法船隻，就不需要我這樣的人來替伊弗傳話了。

我回以曖昧的笑容，基曼便輕哼一聲點點頭。

「那麼，沉悶話題就說到這裡，來嘗點我們城裡的名產吧。」

繆里的臉立刻放出光采，我拍拍她的腿。

同樣是沿海城鎮，地點不同，魚種自然不同，料理手法也會隨之改變。凱爾貝有很多來自內陸的人，口味較重。現在上的醃魚卵是種少見的菜式，繆里在麵包上盛了一大匙鹹鹹的黑色魚卵，吃得不亦樂乎。

基曼給我們準備了會館裡的上房，牆上還居然掛著一角鯨的角片。繆里好奇地盯了它一會兒還聞一聞味道，結果不太喜歡的樣子。

明明牽扯到長生不老的傳說，實際擺在眼前一看，感覺就只是平淡現實的一部分。

一夜過後，早晨的風減輕很多，天氣晴朗。

「最近天氣一直很不穩定，難得出太陽。到凱勒科的這趟船能搭得很愉快吧。」

早餐上，基曼從雞蛋中挖出蛋黃來吃。

「對了，希爾德先生近來可好？」

「希爾德叔叔？」

繆里一邊吃用上五顆蛋和大量奶油的煎蛋一邊問。

「我們前不久才見過面。你們認識嗎？」

「德堡商行如今在這也是呼風喚雨，有很多他們的礦物會送到這座城來，最近還想在這裡開分行呢。」

「是喔～」

在那麼遠的地方也有朋友的奇妙感受使繆里發出讚嘆。幫她擦去沾在臉上的煎蛋屑，她卻一臉嫌煩的樣子。

「跟那方面有關的人，前不久跟我提到了你們的名字。忍不住想起從前的時候，你們正好就來了。」

「咦～誰啊？」

繆里大口嚼著煎蛋問。

「對方說不定還在城裡，晚點我派人去問問吧？」

「您太客氣了。」

話雖如此，其實我也有點好奇。首先想到的是將神的教誨從基礎為我重新打起的女助祭，不過她的住處離這很遠，也不清楚她與德堡商行有怎麼樣的關係。

在繆里的大煎蛋只剩一小塊時，有人敲響房門。

待命的傭人替來人傳話，來到基曼身旁耳語。

基曼表情略顯訝異，並往我看來。

「勞茲本緝私官的船已經到這了。居然用上槳帆船，那隻母狐狸也真捨得花。」

繆里將剩餘煎蛋全塞進嘴裡，跳下椅子。

「我們去看船！」

既然是快船，那就不是我們那種胖胖的商船，而是瘦得像蜻蜓的船了。左右船槳兩大排，靠人力破海而行，在海戰中極為搶眼。

在北方群島那時，我們就是被這種船追上，差點就沒命了。

「大哥哥，快點啦！」

繆里快步往房門走。右手還緊抓麵包的背影，教人不禁嘆息。大概是早上沒練劍，精力過分旺盛了吧。

「她和她母親風格很不一樣呢。」

基曼也打趣地這麼說，離開座椅，與我們一同離開商行。

或許是昨晚的風仍飽含水氣，夜露未乾的港都閃閃發光。海浪也平緩下來，有許多船準備出航，搬運貨物的人們和捕魚歸來的漁船擠滿港口。

還擔心會跟丟繆里，但是到了碼頭邊，我很快就發現一艘雄赳赳的船停在那，繆里在一旁棧橋上入迷地仰望著它。

槳帆船不同於以積載量為重的商船，造型利於破浪前行，帥氣的模樣能輕易觸動每個人心中的小男孩。

繆里看也不看來到她身旁的我，目光如朝陽下的大海一般閃爍。

「大哥哥大哥哥，我們坐這艘船回去好不好！」

「好好好。」

我隨口應付一聲，等待甲板架起登船板，而基曼趁這時告訴我接下來會有些什麼事。

首先，我們要隨同勞茲本的使者前往凱勒科，與當地領主說明原委。萬一有船員遭逮，就要求他放人，然後派來應該隨後就到的拖船連人帶船一起返航。倘若船體破損到無法拖曳，或出現緊急傷患，再視情況討論如何處置。

說著說著，幾個穿著體面的人走下棧橋，都是勞茲本議會派來的官員吧。他們很快就注意到我們的存在，紛紛行禮。

在我慰問這群天還沒亮就出航的幫手時，繆里忽然大叫。
「咦！」
「怎麼了？」
繆里對著船張大嘴巴，彷彿根本沒聽見我的疑問。
然後脫兔般衝出去，一個箭步越過登船板。
「喂，繆里……」
我的斥責揉碎在港口的雜沓裡，取而代之的是一聲驚嘆。
「伊蕾妮雅小姐？」
因為繆里正與有頭醒目黑髮的伊蕾妮雅抱在一起。
伊蕾妮雅對我投以微笑，對繆里說些話之後一起走下棧橋。
「伊弗小姐寫信告訴我說，你們去見一個痴迷於尋找新大陸的貴族。」
我不禁想像伊弗在寄給伊蕾妮雅的信中寫下諾德斯通那些事，等著看戲的模樣。
「聽說那位貴族遇上了一些問題？既然他和我們有相同目標，那就得幫幫他才行了。」
也就是要藉這個機會取得聯繫。
這麼懂得見機行事，說不定是來自於老闆伊弗的影響。
「有伊蕾妮雅姊姊在，就抵過一百個人了啦！」

繆里早已將伊蕾妮雅當親姊姊看，只要能再見到她，理由什麼都好，現在只管抱著軟綿綿的伊蕾妮雅又叫又跳。

「我們不是去打仗的喔。」

即使這麼說，她還是看也不看我一眼。

見到我垂頭無奈的樣子，伊蕾妮雅笑著說：

「說到在人世間的戰力，這裡還有個比我更可靠的人喔。」

「咦？」

應聲的不是我，而是繆里。她抬起埋在伊蕾妮雅頭髮裡的臉，皺眉歪嘴到處聞來聞去。

「唔呃呃……該不會……」

最後她以千百個不情願的臉往船望去，見到一道熟悉的人影。

「臭雞！」

繆里咧嘴低吼，而夏瓏只是聳個肩就下船來了。

「夏瓏小姐妳也來了？」

還以為她對新大陸也感興趣，結果換來一聲嘆。

「我又不是那隻有怪癖的羊，是人家把工作推給我我才來的。抓走私船是吧？像我這種剛退休的徵稅員，正適合幹這種事。」

這差事有內情，讓現任官差過來會有後顧之憂吧。所以找來當過徵稅員，知道程序怎麼走，又不會留下隱患的夏瓏來辦。

「那就趕快處理掉趕快回去吧，我也不是閒著沒事。」

「哼，忙就不要來嘛。」

繆里哼鼻子挑釁，我戳戳她腦袋說：

「騎士可是對敵人也要抱持敬意的。」

「唔～～……」

「我也聽說嘍，繆里妳當上騎士啦？」

「對呀對呀！」

聽伊蕾妮雅這麼問，對騎士一詞沒轍的繆里立刻就開心了，夏瓏受不了地聳聳肩。

「呵呵，那我們走吧。」

見到繆里和夏瓏這模樣，伊蕾妮雅愉快地笑。

形如蜻蜓的快船需要很多人力划槳，費用高得嚇人。無論繆里用如何期待的眼神看槳帆船，我們最後還是搭一般的小船前往凱勒科。船上，繆里將諾德斯通的話轉述給伊蕾妮雅聽，說到幽靈船時被夏瓏譏笑，氣得牙癢癢。

船在閒聊當中駛離凱爾貝，沙灘當著我們眼前迅速擴張，一直延續到視線的盡頭，灘頭上有許多漁民在木桿做的台子上曬網。基曼說得沒錯，這淺灘又深又廣，海浪離岸很遠就破碎，在沙灘上進行長長的推洗。

繆里說完之後，幾乎要摔下去似的將身子探出船緣窺視水面。很驚人地，即使已經離岸很遠，海底卻仍近得伸手可及一樣。

途中，我們從一處小河口逆流而上，在專為沿海旅人而設的旅舍小憩。享用基曼送的小麥麵包等豪華中餐之餘，也趁機打聽關於凱勒科海域擱淺船隻的消息。

聽老闆說，船是大約在一週前因遭遇暴風雨而擱淺。但他支吾其詞，還猜想那會不會是有問題的船，說不定當地人也已經懷疑那是走私船了。

而後我們離開旅舍再度北上，遇見往大海深深突出的海角。漆黑嶙峋的岩壁與平滑的沙灘形成強烈對比，看得繆里讚嘆不已。

海角尖端還設了座聖人像，為眾人祈禱航海安全。和繆里一起張著嘴望到一半，一名官員發出指示航向的呼喊。

低頭一看，只見遠處有個船影，船首以不自然的角度指向天際。

「就是它嗎？」

夏瓏輕哼一聲。

「這船挺不錯的嘛，船艙也很大的樣子。」

「希望船上的東西不會太值錢。」

伊蕾妮雅之所以這麼說，是因為擔心對方知道船上若有寶貝，會不願意交出來吧。

「岸上有人喔。在朝我們揮手耶。」

繆里指著海灘說。幾名圍坐火堆，閒著沒事的男子，見到我們就站起來揮手。

「是附近村子派來顧船的吧。擱淺或沉沒的船很容易引來盜賊的。」

聽了伊蕾妮雅的解釋，繆里明白地點點頭。

我們的船滑過淺海，暫且遠遠地離開擱淺船。接著見到拉到岸上停放的小船、漁夫小屋，更往陸地去還有許多人家，那裡就是凱勒科村吧。我們在村邊的小棧橋停船，圍過來看船的村人劈頭就問：

「你們從凱爾貝帶祭司過來了嗎！」

這句話是十二分地夠我們幾個面面相覷了。

「那是什麼意思？」

夏瓏恢復徵稅員的臉，帶頭發問。

凱勒科是個簡樸的漁村，大多都到凱爾貝打工賺錢了，村裡只有二十幾個人。

由於來自勞茲本的夏瓏幾個顯然是官員的穿著，村人自然不敢怠慢，一行人在全村圍觀下送進了村長家。

在這個木板牆、茅草頂、夯土地的小屋裡，即使風不時會從牆上的縫隙吹進來，也被滿客廳的人擠得又悶又熱。

「我們是來自溫菲爾王國勞茲本的徵稅員，要找領主談談擱淺船的事，想請各位帶個路。」

夏瓏作主持人，對村長展開公文。

「我們只是要把那艘走私的船帶回王國審判而已，能替我知會一聲嗎？」

彷彿在海灘上曬了幾十年的村長看似瘦弱，動作卻意外地靈敏，行禮之後對候在一旁的魁梧男子使個眼色。

「相信領主大人很快就會接到通知。」

「感謝村長協助。」

夏瓏以習以為常的動作在村長面前放下一個小布囊。

從裡頭細小的聲音聽來，裝的是金子或銀子的碎塊。

男子為聯絡而離開的同時，村長沒有伸手碰布囊，只是看著它說：

「有件事，我想請教一下。」

夏瓏默默頷首，要他說下去。

「各位真的是來帶那艘船走嗎？」

那不是「船應該歸我們」的意思。

而是替我們顧慮的擔憂語氣。

「正是如此。」

完全擺出徵稅員臉孔的夏瓏輕咳一聲問：

「話說你們先前提到祭司，這是為什麼？」

村長摸摸斑白鬍鬚，對周圍村民投出不知如何是好的眼神。

他們全都是一副見到漁網纏成一團的臉。

「我們都只是可憐的羔羊，有時也會被大海的瘴氣所惑，請別怪罪我們。」

夏瓏輕抬下巴，是表示接受村長的求情吧。

村長慢慢吸氣，受夠了似的說：

「那艘船，是一艘被詛咒的船。」

夏瓏如盯死獵物的猛禽般面無表情，往我瞥了一眼。

接著，村長說出這樣的話：

「擱淺那晚，那艘船上的湯都還在冒煙，可是一個人也沒有。」

似曾相識的情形，使繆里往前傾身。

「領主還要一段時間才會到吧。」

見夏瓏表示願意聽下去，彷彿終於找到人訴苦的村長掏心掏肺地說明事情的經過。

村長的描述，就像是前些日子西蒙斯的故事和諾德斯通那些傳聞的混製品。

他說按照慣例，村子派人在暴風雨的夜裡站崗。

而這天真的發現了一艘在強風推擠中拚命抵抗的船。

最後徒勞無功，船很快就在沙洲上擱淺了。

於是村子派出漁船，好不容易接近擱淺船，可是怎麼喊也沒人回答，一片寂靜。

即使架了繩梯，在船艙繞了一遍也沒有發現任何人。

周圍一整片都是淺灘，有人跳船避難一定看得見，但那樣的人一個也沒有。

隔天天亮以後，領主為保護擱淺船而正式派船。然而船上還是沒有半個人，只留下明顯有人居住的痕跡。

「幽靈船傳說的要素都湊齊了呢。」

村長說完後，來自勞茲本的官員拿出紙張記錄村長的話。夏瓏和伊蕾妮雅將記錄的事交給他們，和我跟繆里到海邊走走，整理現狀。

「可是發現的那個……村人？不是看到船在拉帆抗風，槳也有在划嗎？而且擱淺以後還沒有半個人跑出來。」

「他是喝酒喝到眼花，怕被罵才那樣說的啦。狗對這種事很熟吧。」

「才沒有！」

夏瓏聳肩敷衍繆里的反駁。

伊蕾妮雅笑咪咪地看著一碰面就鬥嘴的繆里和夏瓏。

然後望向踞於海上的船，說道：

「我比較在意的，是船東的領土也有很多幽靈船傳說這部分。」

「喂，妳該不會也相信幽靈船這種東西吧？」

見到夏瓏傻眼的樣子，繆里對伊蕾妮雅咯咯笑。

「再說，船東不是要你們把船跟船員一起救回去嗎？」

夏瓏往我問來。

「是這樣沒錯。」

「那答案應該很明顯了吧。」

「咦？」

我愣得眨眨眼睛。不僅是繆里，伊蕾妮雅也傻住了。

接著夏瓏抬起頭，瞇眼觀察海鳥的動向後降回視線。

「領主好像到了，回去吧。」

繆里不滿地看著我，但我還是不懂夏瓏明白了什麼。

凱勒科的領主權是握在零星散布於這地域的弱小貴族手裡。來人是個騎著瘦馬，看似相當軟弱的男子。

「你們就是王國的使者嗎？」

來自馬上的話沒有任何威嚴，簡直像個迷路時碰見當地人的旅客。

「我們是從溫菲爾王國的勞茲本來的，灘上那艘船是我們勞茲本的官員在追緝的走私船。奉王權之名，需要把船帶回去發落。」

領主似乎很久沒騎馬，讓僕從扶著屁股下馬。原以為他是被夏瓏有禮卻無畏的態度嚇得不敢說話，但結果並不是這麼回事。

他愣了一會兒後，忽然大喜過望地說：

「噢，神啊！感謝祢派他們過來！那艘船真的讓人傷透腦筋啊！」

夏瓏雖有些錯愕，但仍穩下來慢慢點頭。

「那我想先看看船的狀況。這需要您的許可，還有見證我們不是賊匪，可以嗎？」

「沒問題、沒問題。喂，快弄船過來！」

領主一朝村長那下指示，村民便飛也似的衝向海邊。

目送其背影離去後，領主轉向夏瓏問：

「請問他們，那個……把船上的怪事告訴您了嗎？」

那壓低聲音說話的樣子，有如祈求赦罪的商人。

「請放心，無論發生什麼事，我們勞茲本都會擔下所有那艘船的相關責任。」

「噢噢！噢噢！願溫菲爾王國黃金羊紋光耀永存！」

領主誇張地高舉雙手大喊，但不像是演戲。村人都在引頸期盼凱爾貝的祭司，說不定都在害怕那真的是幽靈船。

當然，比起害怕幽靈，也許更擔心的是在這個王國與教會起衝突的狀況下，容易起火的信仰問題會殃及村子吧。

不久，村民回報船已備妥，夏瓏便帶我們幾個和兩名官員一起上船。領主另搭一艘船，要與村長同行的樣子。

用篙推進的船很小，伸手就能觸及澄澈的海水。被船嚇得跳出海面的魚和能夠清晰看見海底等景象，讓沒有繆里那麼容易興奮的我也覺得很有趣。

然而這也只到抵達擱淺的船邊為止。或許是搭的船比從凱爾貝過來那時小很多，整個騎上沙洲的擱淺船看起來大得嚇人，有如痛苦掙扎的巨大生物。

「這附近特別淺耶。都離岸邊這麼遠了，也好像能走回去一樣。」

岸上村人的表情已經看不清了，船下的沙卻有幾處露出水面。

「對了，大哥哥你會爬繩梯嗎？」

領主他們先到擱淺的船邊，檢查從甲板放下來的繩梯。

從底下往上望，甲板像天一樣高，可見繆里並不是為了譏笑我才那麼說的。

「怕什麼，摔下來也有水接著。走了。」

夏瓏短短說完就率先爬上繩梯。

「各位先請。」

伊蕾妮雅是服裝的關係才這麼說吧。

繆里抓住繩梯，當小孩玩意兒般兩三下就上了船。我是沒什麼自信，但是在領主等人面前也不好意思說不行，只好硬著頭皮伸手踏腳，抵抗著恐懼好不容易才登船。

還沒喘完氣，繆里和夏瓏就已經看完甲板，開門往船艙走了。

船比下面看來更傾斜，一不小心就會跌倒。甲板上積了不少風沙，開始醞釀出廢船的氣息。等伊蕾妮雅也上船之後，官員和領主說他們會在小船上等，我們便趕緊追上繆里和夏瓏。

「像空殼一樣安靜耶。」

如伊蕾妮雅所說，船中的靜謐與停泊於港口的船截然不同。在岸頭的沙沙浪聲陪襯下，腳下的木頭嘎吱聲更為清晰。

船艙裡相當陰暗，但能從到處都有的小窗看見明亮的藍天與美麗大海，令人彷彿置身於白日夢之中。

另一方面，也許是因為船已經擱淺近一星期了，感覺不到任何前不久有人生活的動靜。別說人影，就連遊蕩的骷髏也沒見著。

我們順著因船體傾斜而變得很難爬的梯子下到第二層甲板，這裡是槳手排排坐的地方。牆上開的洞比別的地方多，顯得特別明亮，通風也更好。

「他說要用這艘船航向新大陸？」

繆里說了很多諾德斯通的事給伊蕾妮雅聽，伊蕾妮雅也是為了這件事來到這裡。

「應該是吧。還因此和船員結夥走私，湊冒險資金。」

「那無論如何都得救他們出來了。」

可是船員如今下落不明。若村人沒說謊，他們是直到擱淺前一刻都還在設法力挽狂瀾，最後誰也沒下船。那麼照理來說，人都還在船上才對……思考當中，大概是船底受到海浪的拍打，呼吸般的嘎吱聲不時傳入耳中。

原以為幽靈船是源自於鍊金術師的幻想，結果現在人就在其中。即使暗想幽靈船不可能存在，然而到現在都還沒看見應該先下來了的繆里她們，不由得忐忑起來。

「伊蕾妮雅小姐，妳——」

「什麼？」

伊蕾妮雅在稍遠處查看底下能放東西的槳手長凳，慢慢轉過來。想問她相不相信幽靈船時，船尾方向傳來耳熟的怒罵。

「臭雞！放手啦！」

伊蕾妮雅也眨眨眼睛，轉向聲音來處。

「我絕對不去！死都不去！」

「憑什麼我一個人下去！妳也給我下來！來，我打開嘍！」

「不要——！」

我和伊蕾妮雅互看一眼，往聲音來處去，發現一道往下的梯子。底下像是堆貨用的船艙，稍微看一眼也能在暗處見到木箱和麻袋。

不過爭吵的碰撞聲和繆里不成聲的哀號，感覺是來自更下方。

「好像在船底耶。」

伊蕾妮雅留下這句話就從歪斜的梯子小心地爬下去。貨艙窗口少，非常陰暗，空氣渾濁蒼蠅又多。船員的食物應該也是放在這裡，有部分臭了吧。

貨艙裡又有道往下的梯子，聲音就是從那傳來。

探頭一看，底下很暗，還有股刺鼻的臭氣。

「正常航行的話，這裡就是吃水線的邊緣吧。」

伊蕾妮雅也爬下梯子來到我身旁，邊往底下探邊說。

「可能是用來堆重的貨物，讓船隻容易穩定。」

「要下去看看嗎？很臭就是了……」

看樣子不是這裡空氣渾濁，而是下層的臭氣湧上來了。讓人想起大城市的小巷裡常有的廉價酒館周邊。

「幸好沒那個必要了。」

「咦？」

才剛反問，底下就傳來咚咚咚的腳步聲，繆里從黑暗中現身了。

然後火燒屁股似的爬上梯子衝出來。

「啾！哈啾！」

繆里眼淚大顆小顆地掉，想抱住她問出了什麼事，卻被她按在胸口上一把推開，一股腦衝向小窗把臉伸出去。從尾巴的一膨一收看來，她是在深呼吸。

我擔心地觀望了一會兒，只見她無力地癱下來，噴嚏一個接一個打個沒完，都快要沒時間吸氣了。

「哼，這笨狗真沒用。」

隨後爬上來的夏瓏雖然這麼說，手也頻頻抹鼻，撥掃全身。

「到底發生什麼事啦？」

我一邊撫摸癱坐著打噴嚏的繆里背後，一邊問夏瓏。記得她們提到「打開」，看繆里的樣子，該不會是打開了地獄的鍋爐吧。

「這種船八成都會有個藏貨的地方，所以我們連積在船底的髒水都看了。」

「呃……」

伊蕾妮雅看著繆里尷尬陪笑。由於結構問題，船底不能開洞，任何灑在地板上的液體最後都會積到黑漆漆的船底去。噴嚏仍打個不停的繆里之前叫得那麼慘，就是因為進到那種地方對擁有狼鼻的她而言根本是酷刑吧。

「夠帶種的走私業者要躲的時候，還會抱著金銀財寶坐在什麼也看不到的汙水裡呢。」

「這……就算找到了，處理起來也很頭痛吧。」

繆里似乎終於熬過這波噴嚏大浪，緊抱著我擦眼淚。騎士尊嚴都被噴嚏給吹跑了。

「不過看樣子，下面沒有人？」

問的是伊蕾妮雅。

夏瓏解開盤起的頭髮再重新綁回去，並回答：

「對，下面沒人。」

這麼說來，這艘船是真的沒人在。且若真如村人所言沒人下船，亦即船員全都憑空消失了。

當我還難以置信會發生這種事時，向伊蕾妮雅拿手帕擤鼻子的繆里說：

「嗚嗚……船底是沒有啦，可是我大概知道……嗚嗚……可能在哪了。」

「是啊，就是這樣。」

「根本就沒必要拉我下去嘛……」

繆里怨恨地瞪夏瓏，夏瓏一副錯不在她的樣子。

「怎麼說？」

我不解地問，夏瓏便環視滿載貨物的船艙，踏踏腳說：

「這艘船裡面每層的大小，跟外面看起來不太一樣。」

上下比對後，我也終於注意到了。

「有夾層？」

「還做得很精巧。諾德斯通也真夠賊的了。」

「那船員就是躲在那裡？」

既然家裡有人又沒人出來，那就是還在家裡才合理。

這問題，是由伊蕾妮雅來回答。

「說我們是來幫他們的，他們會願意出來嗎？」

「站在對方的立場想想吧，是你會出來嗎？」

伊蕾妮雅拈著下巴想了想，露出苦笑。

「我應該死都不出聲音，找機會逃走吧。」

「就是這樣，官兵抓人都會連哄帶騙的。喂，妳這笨狗還不快站起來？」

夏瓏用鞋跟敲敲地板，氣得繆里尾巴都炸了。

我無奈嘆息，用袖子擦去繆里眼角的淚水，她才不情願地起身。

「入口應該就在這層某個地方……希望沒有必要再到下面去找。」

連夏瓏都這麼說了，可見下面是真的很臭。

既然要找躲人的密室，第一個念頭就是請繆里聞出來，但她鼻涕仍吸個沒完的樣子使我作罷。

「能靠聲音找嗎？」

伊蕾妮雅看著繆里的狼耳說。她曾在迪薩列夫大教堂用她巨大的蹄往地上一蹬，藉繆里敏銳的聽覺找出空洞。

「妳認真蹬的話，恐怕會把船蹬散。反正也沒多大，先靠眼睛找吧。」

伊蕾妮雅嫌夏瓏失禮似的聳個肩，但有點偷笑的感覺。

「基本上，出入口都會用貨擋住。像那堆東西底下就很有可能。」

船艙堆積著各種貨物，船尾處還堆得跟山一樣。

「這些是什麼東西啊，石頭？」

足有一抱大的厚麻袋疊了好幾層，每一個都裝滿重物。夏瓏輕踢一腳，晃都沒晃一下。

她再拿出匕首，就近找個袋子割斷緊緊綁住的束口繩往裡頭一看，結果很難得地大叫一聲。

「……黃金？」

隨後又歪起了頭。

「不是吧，是那個嗎？」

「愚人金？」

夏瓏將一塊像是歪曲骰子的礦石丟給我。

「就是黃鐵礦吧。」
「諾德斯通是騙子嗎？」
「是要供奉在鍊金術師墳前的啦。那個鍊金術師很厲害。」
「啊？」
即使完全站到諾德斯通那邊的繆里這麼說，夏瓏仍懷疑地看著裝滿黃鐵礦的麻袋。其實，我也懷有一個多半與夏瓏不同的疑問。
史蒂芬說，鍊金術師主修冶金，黃鐵礦是她的研究材料，諾德斯通長久以來都會拿黃鐵礦作供品。
這不是不能理解，畢竟每個人各有其憑弔的方式。
但見到實物後，疑點便清晰浮現。
「拿這麼多黃鐵礦當供品？」
用腳尖踢著地板接縫的繆里抬起頭來。
夏瓏撩起瀏海，皺眉說：
「聽你們的口氣，他不是只供奉了一兩次吧。要長期供奉的東西卻靠走私一次買這麼多，不是很奇怪嗎？再說哪有需要用這麼多黃鐵礦當供品啊？」
「會堆成一座小山呢。」

如果只有夏瓏一個懷疑，繆里大概衝過去咬人了，但連伊蕾妮雅也這麼說，她也得乖乖垂下尾巴。

「……因為人家對他來說就是這麼重要啦。」

為追報恩情，在棺中放滿對方喜歡的東西這種事並不是沒有過。

諾德斯通被她救了一命，還在她的幫助下確立了新領主的地位。以怎麼謝也謝不完來說，做這麼誇張的事倒也不是完全無法理解。實際上，是有些領主會在痛失心愛家人後，使其墳前一年四季都開滿花朵。

「哼。走私這種東西做什麼，關稅又沒多少。」

黃鐵礦的用途，頂多是偽造成黃金騙人而已，夏瓏很快就失去興趣。安撫不服氣的繆里到一半，我意外發現牆與地板的連接處有個不自然的突起。本以為是船構的一部分，不過愈看愈像某種楔子。

「大哥哥，怎麼了？」

「我也不是很確定……」

我蹲下來左右推推看，沒有絲毫鬆動。

就在我覺得果真是船構時，繆里也在幾步之外發現了相同的東西。

「這裡也有耶。這邊是……嗯嗯嗯～～～！」

她用雙手捏住，使勁想拔起來，但只有尾巴愈來愈脹，突出物文風不動。

「嗯……啊，那這樣呢？」

繆里拔出細劍刺進去，想用槓桿方式拔出來，看得我好緊張，怕她把海蘭賞賜的劍弄壞了。

最後繆里整個人往劍柄上壓，真的把木片撬起來了。

「啊，會往這邊跑？那就，嘿……咻。」

她將劍移回原位，這次只是輕輕壓柄就取出木片。

「大哥哥，我過去幫你弄喔。」

一臉得意的繆里以同樣方式撬出楔子。

「那就是夾層的鎖釦嗎？這麼說來，還需要搬開這邊的貨物吧。」

夏瓏估測暗門的範圍，和伊蕾妮雅一起清除貨物。

失去貨物的重量後，地板接縫稍微浮起了些。

「哈啾！……擤擤。嗯哼哼，中獎嘍。」

大概是船艙的惡臭和推動貨物時揚起灰塵，繆里又打起噴嚏，但她的心思已全都放在尋寶上頭了。

「喂，不要只顧看，過來幫忙。」

聽捲起袖子搬東西的夏瓏這麼說，我也趕緊幫忙，而繆里卻不關己事地雙手抱胸。

「我們跟臭雞不一樣，是負責動腦的啦。」

還抓住我的袖子，拉到她身邊去。發現楔子的功勞，她一分也不讓給其他人。

「狗就是狗……」

伊蕾妮雅笑嘻嘻地看著夏瓏發牢騷，兩人很快就清空了貨物。

「快點快點！」

我一邊要迫不及待的繆里別急，一邊和伊蕾妮雅一起查看偽裝成地板的艙蓋。

「是從……這邊？啊，這邊沒錯。好像可以往船頭那邊抬起來。」

「先稍微抬起來一點就好，我從這邊把它插進去。」

夏瓏肩扛就地找來的木棒這麼說。

「寇爾先生，請到繆里小姐旁邊去。」

「咦，也讓我幫忙吧。」

我連忙這麼說，但有人從背後揪住我的衣襬。

「人家是說你礙事啦。」

轉頭看看再轉回來，只見伊蕾妮雅的表情變成了微笑。

差點忘了她的真身是繆里能否打贏都很難說的巨羊。

「這種暗門，本來是要用配套的鉤棒之類的東西來開的啦……」

伊蕾妮雅跪下來，將手指伸進牆與地板間的小縫。

「嘿……咻！」

然後用力拉起來，部分地板啪嘰一聲翹了起來。夏瓏再立刻插入木棒，維持空間。

接著伊蕾妮雅用上雙手，並調整腳步。

「來，讓我看看藏了什麼寶物吧！」

「沒寶物就算了，要是連人也沒有就頭痛了。」

「要說船員說不定是抱著寶物躲在裡面吧！」

為滿腦子尋寶的繆里無奈嘆氣時，伊蕾妮雅一口氣掀起了地板。

「哇～」

緊接在繆里滿心期待的歡呼之後——

「咦？」

地板下的黑暗猛然翻騰，一堆像泥水的東西一口氣湧上來。

它洪水似的流過腳邊，我還以為是海水噴出來了。

然而船是擱淺在沙洲上，水線應該遠在船底才對。

那麼這堆水究竟是什麼……開始思考這問題時，驟然噴湧的水又忽然消失了。

「啊……幻、幻覺？」

不禁如此低語的我，注意到暗門底下的陰影中有東西在蠢動，彷彿黑暗的碎片要爬出洞口。但在那碎片將手攀上洞口時，探入小窗的光線照出了它的形影。

「老鼠？」

這隻逃得不夠快的老鼠注意到我們，慘叫似的吱一聲後左右張望，又跳進洞裡去。看來剛才是一群黑褐色的老鼠一起逃出來，被我誤會成泥水了。

為虛驚一場吁口氣後，我發現身旁的繆里摔了個四腳朝天。

「還好吧？」

「唔唔……」

難道她不太會應付這種事嗎。我幫眼冒金星的繆里起身，而夏瓏沉著地說：

「通常船要沉了，老鼠會全部逃走……沒有逃走的原因，大概就在這吧。」

不懂的我轉頭望去，只見她揪著一隻大老鼠的後頸，拎在半空中。鷲的化身不愧是老鼠的天敵，連老鼠的奔流也能冷靜應對。就在我這麼想時——

『喂喂喂！放手！給我放手！』

揮手蹬腿地掙扎的老鼠，居然說起人話來了。

「難怪發現這艘船的人都以為是幽靈船。」

夏瓏左右猛甩奮力咒罵的老鼠，要他安靜。

老鼠馬上就被甩暈了的樣子，手腳下垂沒了動靜。

「這艘船就是他們在操縱的，應該是一出事就變小躲起來這樣。對人類來說，算是真正的幽靈船吧。」

純由非人之人操縱的船。

而且都是老鼠，能在轉瞬之間讓人影消失無蹤。

「其他的都跑光光了。」

伊蕾妮雅像是跑去追老鼠，從另一頭回來。

「這隻呆瓜就是首領的樣子，那其他人丟著不管也不會下船吧。先不管他。」

夏瓏又往洞裡窺探。

「這到底是幹什麼用的？」

她表情很緊繃，感覺不太對勁。

還有什麼比會說話的老鼠更令人意外呢？

繆里總算回神坐起。我扶著她的背，也往洞口瞧。

「！」

並立刻倒抽一口氣，且不是比喻。

這口氣還半路急停，喉嚨不自主地嚥下口水。

只因在陰暗船艙裡的漆黑大洞中見到了那樣的東西。

「……人骨？」

骷髏頭黑黑的眼窩，在隱隱浮現輪廓的骨山中看著我們。

第三幕

諾德斯通家的領地，不時有幽靈船現蹤。

據說世上謠傳的幽靈船，幾乎都是遭海盜襲擊的船或走私船。

而諾德斯通竟毫不避諱地說自己有艘走私船擱淺了，要我們去救船救人。

不過船艙夾層裡頭滿載的，居然是幽靈船傳說中最離奇的大量人骨。

「人骨和能變成人的老鼠啊。」

夏瓏用一顆骷髏頭罩住她抓到的老鼠，並且用腳踩住。

昏倒的老鼠清醒後，從眼窩後面瞪著我們。

如果有能把老鼠變成人的鍊金術，相信能在祭壇上見到這樣的畫面。

『放我出去！混蛋！』

口出惡言的老鼠啃著眼窩邊緣大呼小叫。

「給我閉嘴。」

夏瓏用力踩一下骷髏頭頂，老鼠馬上就乖了。

「現在怎麼辦？」

夏瓏這問題引出我濃如火煙的嘆息。

「這笨狗說的，跟實際情況也歪太多了吧。」

這歪字真是用對了。按原來的說法，說得像實際存在的幽靈船，是終日埋首於荒誕研究的鍊金術師所造成的。

然而現在，構成幽靈船傳說的人骨就在我們眼前，旁邊還出現了非人之人。

「總之現在有兩個疑問。一個是那堆黃鐵礦，一個是這些人骨。」

我本來想問：「老鼠呢？」但臨時想到這裡還有鷲、羊和狼。

「要老實招來了嗎？不然剝你皮喔。」

夏瓏往骷髏頭裡面看，原本安分的老鼠突然暴跳起來。

『我可是驕傲的海盜多多．瓦登團的首領多多．瓦登！絕對不會出賣業主！』

夏瓏嘆口氣，但伊蕾妮雅和繆里倒是覺得這隻囂張的老鼠很有趣。

「那我就把你的同伴一隻隻抓起來餵鯊魚好了。」

『喂、喂喂喂，不要亂來喔……』

瓦登從眼窩探出鼻尖畏縮地說。稍遠處的貨物角落，有幾隻老鼠部下擔心地探頭查看。

『再、再說了，你們不是諾德斯通找來幫我們的嗎！不管怎樣，你們也算是跟我們一國的吧！事情不是皆大歡喜了嗎！』

話是這樣說沒錯，但夏瓏看著貨物說道：

「就當我是徵稅員，臨檢了這艘船好了。如果只有黃鐵礦，那還可以放行，但船上還有這麼多人骨，就得另當別論了。」

鷲的銳利目光朝我射來。

「人家不是叫你黎明樞機嗎？你去諾德斯通那裡是為了什麼？」

是為了確定糾纏諾德斯通家的謠言並非事實，都是穿鑿附會。

「……我也愈想愈迷糊。」

這麼說之後，對暗處老鼠很感興趣而揮著手的繆里轉向了我。

「走私這種東西……我只能想到與神相背的用途。」

站在諾德斯通那邊的繆里似乎也察覺狀況變得不太妙。

「可、可是，那些骨頭又不一定是那個爺爺的東西，說不定是要送去其他地方啊。你想想，走私的事不是其他商行也有份嗎？」

夏瓏吊起一眉。

「這笨狗還有點腦袋嘛。」

「我才不是狗！」

在鬥嘴的繆里和夏瓏身旁，伊蕾妮雅併起雙腿坐在名叫瓦登的老鼠面前。

「我在尋找新大陸。」

『……』

「這艘船是諾德斯通閣下為航向新大陸而造的實驗船，同時也需要用這艘船作買賣籌促資金，所以要把你們跟這艘船都送還給他。」

「我也是！」

瓦登看看補充的繆里，再轉向伊蕾妮雅。

『妳……叫什麼名字？』

「伊蕾妮雅。伊蕾妮雅．吉賽兒。」

『伊蕾妮雅小姐，有妳這樣的人和我們一起航向新大陸，日子一定會安穩很多。』

如同繆里露出耳朵尾巴，伊蕾妮雅也不知何時露出了羊角。

瓦登瞇著眼，是在看她蓬鬆捲髮之後的巨大羊影吧。

『我很感謝妳的心意，不過我們是驕傲的海盜，絕對不會出賣恩人。要我說貨的事，就得保證我們全都會無罪釋放。』

抱胸聽他們對話的夏瓏哼笑一聲，但伊蕾妮雅的目光沒有從瓦登身上偏離半分。

「這份恩情就是你們成為海盜的原因嗎？也就是說……」

「那個老爺爺知道我們這種人的存在？」

繆里也坐到伊蕾妮雅身邊時，骷髏頭跳了一下。大概是擁有尖爪獠牙的繆里比較嚇人吧。

『不、不是……那個老爺子應該不知道。不過他可能覺得……喔不，應該說他可能希望我們存在。聽在他附近監視的人說，他經常對著空氣說話，期待某個看不見的人回答他。』

我們也遇過那種場面。當時他對著沒人的方向，不知在跟誰說話。我以為那是將生命投注於思辯的智者常見的特徵，但諾德斯通其實是相信屋裡有疑似精靈的生命存在，才不停與之對話。

可是諾德斯通期待得到非人之人的回音而不停自言自語這件事，實在教人開心不起來。

「我是不打算放過這些老鼠喔。雖然這只是海蘭透過波倫商行丟給我們的工作，但最後要是連累到他們，我們的修道院和孤兒院就要遭殃了。我可不想為了一個根本不認識的領主冒那麼大的險。」

夏瓏腳依然踩在囚禁瓦登的骷髏頭上。她對新大陸不是那麼感興趣，且有些人需要她來保護，想明哲保身也是無可厚非。

「再說，你自己也沒想到吧？」

我無法否定夏瓏的話。

「只是瞞著沒說就算了，這搞不好還是陷阱呢。」

說著，夏瓏望向小窗外似的瞇起眼。

假如教會的異端審訊官在這時候大舉殺到，恐怕是百口莫辯。這艘船員憑空消失的詭異船隻上載了這麼多人骨，正好提供了個大好機會，能以異端罪名逮捕黎明樞機這個阻礙他們扳倒王國的眼中釘。

繆里和夏瓏目前都沒感覺到有人包圍這艘船，但他們說不定是等在岸上。

即使不相信諾德斯通會做這種事，他仍顯然隱瞞了人骨的事，這之間極可能還有其他謊言。

我手搭在繆里肩上請她讓讓，並在瓦登面前跪下。

「我們想幫助諾德斯通閣下完成他追尋西方大陸的夢想，可是以現況而言，想幫你們都做不到。你們是在為諾德斯通辦事的吧？」

雖然我說的和伊蕾妮雅差不多，但諾德斯通請託的對象畢竟是我。

而骷髏頭底下，瓦登嘆氣道：

『很抱歉，我們的恩人並不是諾德斯通，而是你們提到的那個鍊金術師。』

老鼠外的四人視線交錯，伊蕾妮雅帶頭發問：

「她也是非人之人？」

瓦登將鼻尖靠在骷髏頭的眼窩上，長長的鬍鬚陣陣抽動。

『她是貓的化身。那時候拉波涅爾還是荒地，我們都是靠每天從穀倉偷那一點點麥穀過活呢。某天她來到村子裡，帶領全村的貓包圍了穀倉，然後——』

瓦登當時一定嚇得魂都飛了，但感覺實在很像童話裡的一景。

『要我們立刻放下這種生活，去幫她追逐太陽。』

「太、陽？」

在狹小的骷髏頭牢籠中，瓦登聳肩般膨脹起來。

『還問我們是不是要永遠過這種躲在陰影下的悲慘日子。竟然對我們老鼠說這種話，還以為是在挖苦我們呢。』

非人之人在這世上沒有安身之所，且瓦登他們還是老鼠，不是稱霸森林的狼，也不是主宰草原的羊，更不是鶩這種空中獵人。

瓦登揚起他圓滾滾的小黑眼，筆直仰望我們。

『可是她告訴我們，我們弱小是因為在不利的環境戰鬥，並不是我們弱小。』

「哼。」

出聲的是夏瓏，表情打從心裡不屑。

「原來就是那隻笨貓教你們這些不三不四的東西。」

繆里和伊蕾妮雅愣了一下，瓦登卻很得意的樣子。

『我們長得很小，但也因此能鑽進各種地方；雖然沒有尖牙利爪，但有一對大門牙。正好適合船上的環境，走私根本是我們的天職。』

獨自旅行時的艱苦回憶湧上心頭。明明布袋都綁緊了，早上醒來一看，裡面的麵包卻仍被咬得稀爛。

『就這樣，她帶我們進入了新世界，告別殘酷的生活，所以現在輪到我們報答她了。就是為了她，我們才會追逐太陽到今天。』

瓦登真誠的話語，伴隨著真誠的視線。

先開口的，是夏瓏。

「那鍊金術師還活著嘍？」

我赫然回神。

諾德斯通說她早就死了，但瓦登的語氣並不像。

『她……還活著嗎，我也不知。她在很久以前就往西方盡頭去了，真的就是追著太陽走。』

「咦！」

繆里驚訝的聲音引來瓦登的視線。

「可是爺爺說她死掉了耶。」

瓦登瞇起眼，露出不知同意與否的表情。

『人家不是說貓會躲起來死嗎？』

「……」

瓦登繼續對說不出話的繆里無力地說：

『她這個人很神祕，跟諾德斯通認識那麼久了也沒說出自己的身分。不過呢，老爺子應該多少有注意到不對勁吧……總之我們就是跟那隻臭貓聯手，幫忙把拉波涅爾變成了小麥的大產地。還駕船到世界各地去，蒐集各種耕法和麥種喔。採麥穀這種事，本來就是我們專門的。』

發出感嘆，是因為光線照進了零散著線索的不起眼角落。

這是早該想到的事。諾德斯通繼承這個家族時，那裡還是充滿不毛荒野的貧窮領地，哪來的能力湊到足以蒐集各地耕法和麥種的資金與管道。

但有了瓦登，這些問題就全部解決了。

「你們第一艘船也是偷來的吧？」

夏瓏的冰冷語氣，多半是來自她曾是徵稅員，屬於維護港口秩序的一方。

『借來的啦。不僅寫了字據，還附上利息還回去呢。』

夏瓏百般無奈地嘆氣。

『後來，鍊金術師拜託我們照顧留在拉波涅爾的諾德斯通。』

繆里的表情有如被子抹過還沒完全癒合的傷口，是因為既然鍊金術師是非人之人，諾德斯通又不知道她的身分，麥田的故事就要大幅改寫了。

這讓諾德斯通不再是男主角，就只是被故事遺棄的配角罷了。

『那隻貓也不想丟下諾德斯通吧，她再三囑咐我要照顧好他，而這也是我報答她的方法。』

所以他才死也不願說出會對諾德斯通不利的話。

「那麼，你們並沒有在找新大陸嗎？」

對於伊蕾妮雅這個問題，瓦登猥瑣地笑著說：

『這裡就是我們的新世界，哪裡都不會有比這更好的地方。』

這話使眾人心中千頭萬緒，不禁沉默不語。

這時，有一陣細小的腳步聲。低頭一看，一群小老鼠跑到了骷髏頭前來。

『喂，你們幹什麼！快回去！』

瓦登急忙趕牠們，但小老鼠們不為所動。牠們鬍鬚抖個不停，眼睛卻瞪著繆里、伊蕾妮雅和夏瓏。繆里不禁抬腰，當然不是因為牠們刺激到狼的狩獵本能，而是被小老鼠的勇氣打動了吧。擁有騎士之名者，自然明白這種時候該怎麼做。

然而瓦登船上貨物的問題還沒解決。要是船到了諾德斯通那，說不定會鬧出天大的問題。

夏瓏吸一大口氣，把話擠出來似的說：

「……那些黃鐵礦和人骨是用來做什麼的？我不能排除諾德斯通是打算陷害我們，就算不是陷阱，他買這麼多怪東西到底是為了什麼？是要我們幫瘋狂的惡魔崇拜者送貨嗎？」

諾德斯通向我們承諾，假如走私船平安回到他手上，就會解開拉庫羅主教的誤會，為過去的罪愆懺悔。如此即能修復諾德斯通家與教會的關係，領地解除危機。這塊小麥的主要產地此後將是依然風調雨順，王國繼續和教會對峙。

諾德斯通也能繼續往西方大海的盡頭前進。

但是這一整串都是以諾德斯通不是異端為大前提。

「如果我是現任的徵稅員，就會馬上叫教會過來，拜託他們把他抓去燒了。遇到這種事，最好是能離得多遠就多遠。老鼠，你知道自己現在是什麼狀況嗎？我們雖然不是人，但不是討厭人，也不會不管三七二十一就挺你。我們都需要保護自己的生活。所以你給我聽清楚了，這些人骨到底是用來做什麼的？」

這番話使骷髏頭下的瓦登膨脹起來。

『我、我們是驕傲的海盜！要是背叛臭貓說出來，就要回去過不見天日的悲慘日子了！要抓人回去吊的話，吊我一個就夠了吧？夠了吧！』

瓦登小小的手，在擋在骷髏頭前的小老鼠背上猛推。

可是小老鼠一步也不肯退，就只是仰望著夏瓏。

同時再添上伊蕾妮雅和繆里的視線。

「夏瓏小姐……」

「臭、臭雞！」

繆里一副此時不拔劍枉為騎士般硬要發火的臉，手都放到腰間劍柄上了。

我不知道誰才是正義的一方。

即使夏瓏要做到在瓦登面前一點點切斷小老鼠尾巴這種顯然不對的事，我也認為她的論點牢不可破。

然而，我也同樣無法不去注視夏瓏。

「……喂，怎麼連你也這樣？」

「夏瓏小姐，我看……」

「呃……你們幾個幹麼把我弄得跟壞人一樣！好啦好啦！」

夏瓏被繆里、伊蕾妮雅和我的視線逼得這麼說之後踢開骷髏頭。骷髏頭叩地一聲飛走，小老鼠撲上重獲自由的瓦登。

我鬆了一口氣，並祈禱挨踢骷髏頭的靈魂能獲得神的祝福與安寧。

『……我、我不會說的喔。』

事實上，我也覺得拿那些躲在暗處守望瓦登的老鼠來開刀，瓦登很快就會開口了，可是這裡每個人都知道那是大錯特錯的事。

且由於每個人都知道這點，造成了一個大問題。

「喂，黎明樞機。」

夏瓏很無奈地說。

「你懂我的意思吧？」

「我、我懂。」

我看著堆滿暗門底下，不會說話的人骨說。

『……你們這是說可以就這樣放過我們嗎？』

瓦登抱著小老鼠問。

「要是我們當作搞錯船，就這麼丟下你們，那個領主肯定會找教會過去。」

到時瓦登就真的成了袋中鼠了。

「運氣好一點的話，你們可以在拖去凱爾貝的路上，用你們拿手的戰術帶船逃掉。但如果帶到了諾德斯通那，就換他們有危險了。」

夏瓏往我們看。

「……我調查之後發現，諾德斯通家並沒有信仰上的問題，也想就這麼報告上去。要是在報告之後，被人發現真的有問題……」

別說我的風評會一落千丈，還會影響到海蘭的聲譽。

教會當然會抓住這點窮追猛打，使雙方情勢倒向教會。

更糟糕的是，這麼做簡直是刻意忽略這些不明的跡象。這裡明明有造成幽靈船傳說的大量白骨，也有當供品顯然不合理的大量黃鐵礦，我卻要視而不見。

考慮到後來有可能發現他的確是異端，實在不能隨便縱放。

「所、所以現在要怎麼辦？」

繆里滿腹疑惑地說，而且問得很對。

到底該怎麼辦才好？

「……只能去問諾德斯通閣下了吧。」

瓦登他們不過是因為鍊金術師對他們有恩才協助諾德斯通，抓他們到海上釣鯊魚也沒用，要找就找位在問題根源的諾德斯通。

「我再問一次，你們真的不願意說出這些人骨是做什麼用的嗎？」

『……』

瓦登的沉默讓人還有一絲希望。那不是否定，而是猶豫的現象。表示他無法判斷說出實情對諾德斯通是好是壞，只是認為多半會對他不利。

諾德斯通若是徹底的異端，就不必猶豫了。

「說實在的，去問諾德斯通也會有問題。」

夏瓏俯視沉默的瓦登說：

「笨狗在船上跟我們說的那些事，諾德斯通也都跟你們說過了吧？我看那八成是編得很像事實的謊。而精心編造的謊，肯定是用來掩飾對他很不利的事，直接去問話也不會說出來吧，只會被他用更巧妙的謊唬住而已。」

即使不是這樣，諾德斯通也是眼中只有目的的人，不會屈服於威脅。可以想見使用武力逼他吐實是多麼困難的事。

「就算要回去問話，也得先盡可能把他周圍的人打點好再去。最好是抓出他的小辮子。」

船上載了大量人骨與黃鐵礦。

再加上非人之人鍊金術師去尋找西方大陸的事。

那麼病死的妻子也是謊話嗎？他那麼慈祥地對繆里說鬍子還沒長就拿起劍來保護遭受迫害的鍊金術師，難道也是謊話嗎？

「現在能確定的，就是那個叫諾德斯通的是真的為了某個目的要去找新大陸吧。」

「為什麼那隻貓要丟下爺爺呢……」

繆里悲傷地抿直了唇。

諾德斯通應也希望貓帶他走吧。既然鍊金術師當初能帶年幼的他離開原來的葛雷西亞家領地，期望有下一次也是很自然的事。

「說不定諾德斯通也被她騙了。」

「咦？」

「貓真的往西方盡頭去了嗎？」

這問題使瓦登背上頂端的毛豎了起來。

『……妳真的很會問一些討厭的問題。』

「你們自己也不確定嗎？」

『對啦……我們也不太了解她在想什麼，就連她到底為什麼要往什麼也沒有的西方大海跑也不知道。追太陽是什麼鬼？等一個晚上不就又從東邊出來了嗎？要是諾德斯通要我們載他去西方大海追貓，我們再不情願也會去，可是他自己也不信吧。我是說真的喔。』

瓦登說得像是不想被人找藉口剝皮一樣。

「貓有時候就是會盯著沒東西的地方看呢。」

伊蕾妮雅喃喃地這麼說，而我覺得那或許相差不遠。

每個人都有他自己的路，對於長壽的非人之人而言，時間愈長，路就會延伸得愈遠。

而說到這個神祕的貓的化身，差別就更大了。

「也就是說，就算爺爺真的航向西方了，也可能完全是白忙一場？」

「他這年紀的人來日不多了，能死在夢想裡或許算是一件美好的事。你們也是這麼想的吧？」

『這個嘛……是啦。他死了以後，我們就功成身退了。』

「怎麼這樣……」

繆里聽得很不服氣，但夏瓏無非只是提出一種可能罷了。

「繆里，妳冷靜點。這件事裡有太多疑點，哪裡是真哪裡是假都分不清。可以確定的——」

我站起身，拾起夏瓏踢開的骷髏頭拍拍灰塵。

「就只有碰得到的東西而已。」

「也就是這艘船、這些骨頭和黃鐵礦。」

「還有瓦登他們。」

夏瓏和伊蕾妮雅各自指著其口中的人和物說。

「……還有爺爺的土地和麥子？呃，所以鍊金術師也可能是騙人的？」

「說她是長年以來存在於諾德斯通閣下眼中的幻影也不是不行啦……」

我往瓦登看去，那隻驕傲的老鼠海盜用後腳站起來。

『你要把我們的恩人當作是一場妄想嗎？』

當鍊金術師是確實存在也沒問題吧。

「只能一項項調查清楚了……反正最後還有他。」

鼠類天敵，鷲的化身夏瓏冷眼望向瓦登。

「把尾巴一小段一小段切掉，馬上就會招了吧。」

繆里立刻擋到打起哆嗦的瓦登身前。

「不准妳亂來喔！」

「妳這笨狗不要動不動就鬼叫好不好。要不了多久又會長出來啦。」

『我們又不是蜥蜴！』

「對呀，笨雞！」

雖然繆里說得咬牙切齒，但我當然還沒忘記傳說之劍的事。

她說拿一根骨頭走也不會怎樣，根本半斤八兩。

「哼。所以呢？打算怎麼辦？」

夏瓏的視線又往我射來。

話題一來到諾德斯通身上，她就要我說說自己的想法。為了保護她所管理的孤兒院，她需要海蘭在王國建立穩固地位。為此，她不能讓黎明樞機這個海蘭的得力助手犯下愚蠢失誤。

伊蕾妮雅則是將諾德斯通視為能助她航向新大陸的夥伴，即使對方有點盲目瘋狂也想把船送回去吧。

而繆里則是想幫助獲得船這個小世界的瓦登，以及被妻子和鍊金術師遺留人世的諾德斯通。

每個人都有其不可退讓之處。

在她們的注視下，我開始有點緊張。

「呃……這……那個，我想想。」

我握拳捂口，整理狀況。對於異端，我有一定程度的知識，也知道教會大概會如何行動，怎麼刁難。

此外，我還有度過至今種種風波的經驗，以及因此得來的管道。

「首先就按照預定計畫，開始辦拖船到勞茲本的手續吧。」

繆里一聽瞪圓了眼。

「咦！沒、沒關係嗎？」

「若只是把船拖回勞茲本，就算船是幫異端走私也不會害到王國。畢竟夏瓏小姐他們是以追緝走私船的名義在查這件事的。」

「也就是諾德斯通如果真的是異端，立刻交給教會處置就行了嗎？老鼠這邊……嗯，只能放他們自己逃了。」

瓦登愁苦地點頭，是因為失去了船就等於又要偷偷摸摸地過窮苦日子了吧。

「然後就如夏瓏小姐所言，能否相信諾德斯通閣下這件事，只能先晚點定奪。在聽他怎麼說之前，我們要查明人骨和黃鐵礦的用途。」

「那我們要怎麼查？」

「現在有幾個大方向，先從那查起吧。」

繆里的狼耳直直豎起來。

「首先要查的就是這些骨頭。」

除瓦登外，每個人的視線都聚集在我手上的骷髏頭。
「死亡在信仰中具有核心地位。無論態度積極與否，教會都一定會涉入。」
如此大量的人骨若是盜掘墳墓而來，不會沒人發現。還有就是，這些骨頭都不像是長年埋在土裡的東西。
既然是未經掩埋的大量人骨，來源就很有限了。只要返回凱爾貝，查查可能性高的幾個教會設施即可。想從像這樣的地方弄骨頭出來，多半是需要內應的幫助。雖不願這麼想，但若真有個對異端思想有共鳴的墮落聖職人員在，真相馬上就能水落石出了。
「配合這艘船的來源查起來，就能大幅縮減骨頭來源的範圍了吧。」
「船從哪裡來是看得出來的嗎？」
夏瓏聳肩回答繆里當即想到的問題。
「船艙裡沒多少儲水，表示沒有補給的問題，不是用來作遠洋貿易，一定是在晚上有港可靠的地方航行，而且這艘船作工很不錯。你們還記得船停過哪些港吧？」
瓦登的頭愈聽愈低，下巴都快碰到地板了。
「至於黃鐵礦的來源，我也知道從哪查起。」
剛出紐希拉就照顧了我們一段時日的大商行德堡商行，天天都有各種礦物在其手中流動，基曼還說他們來到了凱爾貝，準備開分行。這些買賣礦物的專家一定知道些什麼。

「好，讓我們撥開無知的迷霧，查明真相吧。」

在四人交錯的視線正中央，瓦登認栽了似的交疊短短的雙手，一屁股坐下來。

我們請瓦登等幾隻老鼠變成人形，向領主說明情況。

說他們的確是王國在查的走私集團，夏瓏要按照預定行程，帶他們回勞茲本受審。船員失蹤的部分，則以大部分船員早已在暴風雨的夜裡跳船逃生，只有三人躲在船底夾層來說明。

儘管這說法仍有些細部瑕疵，例如船員怎麼會在暴風雨的夜裡丟下幹部自己逃生，站崗的村人怎麼沒看見等，但既然夏瓏都綁出了三個實際躲在船上的，領主也只有接受的份。再多的懷疑，都敵不過眼前的事實。

順道一提，瓦登的人形是平頭褐髮，體格結實的年輕人。繆里拿我跟一身矯健船員樣的瓦登比了比，捏起我的肩頭肉不知想說什麼，被我無視到底。

「我還得接拖船過來，監視那些老鼠，替鳥同伴傳遞訊息，要留在村子裡才行。」

「船的蹤跡就讓我來調查吧，走長距離是我拿手的事。」

「那我們呢？」

繆里往我看來，我跟著重新確定待辦事項的順序。

「要去查人骨，還有黃鐵礦的用途。」

「黃鐵礦不是可以提煉出某種酸嗎？」

那純粹是諾德斯通的說詞，而且他依理性做事很可能是過去的事，如今已變了個人。例如當年割山羊喉是死馬當活馬醫，現在卻真心相信有其功效。

然而我也不希望繆里太難過，便含糊帶過。

「只是以防萬一，說不定還有我們想不到的用途。」

「也對。我們都不懂鍊金術，要多下點工夫了。」

繆里的意圖是傾向於證明諾德斯通的清白。

希望諾德斯通沒幹傻事的理由又多了一個。

不過我告誡自己不要預設立場，動腦思考。

「然後向海蘭殿下報告事情經過，也得聯絡亞茲先生。我也不希望諾德斯通閣下有陰謀，但是——」

如果在這裡大意而使我們陷入危險，我一定後悔莫及。

確定沒有遺漏該做的事時，夏瓏問道：

「有波倫商行的人留在拉波涅爾嗎？」

「有。啊，能麻煩妳的同伴幫個忙嗎？」

夏瓏聳聳肩。鳥可以無視海洋與陸地，實在很可靠。

「話說回來……臭雞！」

繆里插嘴說：

「要是妳敢趁我們不在的時候對老鼠他們亂來，我就把妳羽毛拔光烤來吃！」

視線是指向坐在村長家門口的瓦登幾個。他們都臭著一張臉，注視廣場上加急搭建的牢房。

「那就得看他們乖不乖了。」

「絕對不准亂來喔！」

繆里想幫助瓦登的動機很明確。

但瓦登他們沒必要棄船逃跑，也知道在夏瓏的監視下，輕舉妄動是無益之舉吧。

「繆里小姐，不用這麼擔心。別看夏瓏小姐這樣，她還是很溫柔的。」

「咦～～？」

繆里懷疑得不得了，可是伊蕾妮雅都那麼說了，再不情願也只好接受。

我們就這麼搭上返回凱爾貝的船。繆里朝送行的伊蕾妮雅大力揮手，坐在她身旁的我怎麼也止不住嘆息。

我不想認為諾德斯通是在騙我們，但他肯定有所隱瞞。

實在很難想像他可以一笑置之，說那都是根本沒必要說的事。

一方面我為他有異端之嫌而懊惱，一方面又因為尚無確證而想甩開這種念頭，但又不得不先為黑暗冰冷的未來做好準備。畢竟一旦發現他真是異端，我就要親口宣判他的罪行了。

原本晴朗的天空在午後又聚起雲朵，冷風隨天色變暗而增強。

在伊蕾妮雅和夏瓏面前，我一直表現得很堅強。但是到了寧靜的海上，又受到小船容易搖晃的影響，不由得不安起來。

嘆一口大氣後，有人捏著我臉頰。

「幹嘛那種臉。」

剛才還在對伊蕾妮雅揮手的繆里很不高興地看著我。

「你的敵人是誰的敵人來著？」

還把我的話原封不動還回來。

「你是在怕那個爺爺真的是壞人怎麼辦吧？」

「我……對……」

繆里往態度軟弱的我背上拍了一下。手掌雖小，感覺卻是那麼有力、那麼地重。

「放心啦。如果他是壞人，一定會有壞人的樣子。」

繆里並不是以幼稚的樂觀安慰我。

而是深明諾德斯通可能懷有不可告人祕密的情況下要我放心。

「在你提心吊膽地宣告他是異端之前，他早就聞到味道捲包袱跑路了啦。再說他根本沒呆到會被你抓到。」

這評論感覺很正確，卻又讓人不太能接受。只是那畫面太容易想像，我也知道繆里這麼說是為了我好。

「但是呢，假如事情演變到需要拔劍，我搞不好會突然不舒服喔。船底的味道害我的狼鼻子塞到現在呢。」

這是說她會在最後關頭放走諾德斯通。

即使我根據神的教誨而認為必須逮捕諾德斯通，可是對於只會拿聖經當午睡枕頭的繆里而言，一點良心的譴責也沒有。

也就是她會繼續維持這個樣子。

「所以啦，笑一個。」

繆里又捏住我臉頰，把嘴角往上提。

臉好像變得很怪，逗得繆里咯咯笑。

在這樣的繆里面前，豈有終日寡歡的道理。

「看來妳已經是個合格的騎士了。」

我握起她捏臉頰的手，稍微用點力。

掛在繆里腰間的劍，刻上了只有我們能用的圖徽。那雖是為了害怕在世上無處安身的繆里而做，但我總覺得要不了多久，被那圖徽安慰的反而是我。

繆里是個堅強又聰明的少女。

長大以後，恐怕我也追不上她的背影。

「對呀，我就是合格的騎士嘛。」

賊笑的繆里在我手上吻一下，靠上肩膀。

「不過我還是需要休息的喔。」

她鑽進我懷裡的模樣，頗有賢狼當年的味道。

「大哥哥，到城裡以後，我們先去買點熱的喝吧。」

繆里用雙手搓著我的手說。海上風冷，雲又很多，顯示天氣又要變壞了。無論如何，在繆里身旁總是溫暖。

「我請人幫妳弄點蜂蜜牛奶或羊奶吧。」

我是故意舉這麼一個孩子氣的飲品。繆里不出所料地發起牢騷，我笑著聽過去。

很多事會在旅途中改變，但不變的也不少。

不如就享受那逐漸轉變的餘韻吧。我回握繆里小小的手。

回到羅恩商業公會會館，向基曼報告瓦登身分以外的種種後，他很豪爽地答應協助。

「這沒什麼，只要你們願意在一角鯨那種東西又出現的時候幫幫我，我還倒賺呢。」

我笑得很尷尬，而繆里似乎從基曼身上聞出伊弗那種奸巧味，一副有戲看的表情。

「要找可能藏有大量人骨的教會設施是吧。既然是這麼大一批，應該不是偷來的，而是教會的人自己盜賣。」

教會人士盜賣自家財產的事，相信他不是第一次遇到。

「這麼一來，找主教大人問話反而會出問題呢。」

就算主教不至於崇拜惡魔，也很有可能被等價黃金蒙蔽了雙眼。

若盜賣人骨的是他掌理下的教會設施，一定會立刻湮滅證據。

不過我已經有點頭緒了。

「我想那些骨頭都是從歷史悠久的修道院來的。有地下墓穴的地方，才會有那麼多狀態良好的骨頭。」

「地下墓穴啊，很有可能。既然數量那麼大，就從發生過瘟疫的地方查起吧。」

雖然話說得有點沒血沒淚，但基曼就是這點可靠。

「大哥哥大哥哥。」

這時繆里插嘴問：

「我們想去找希爾德先生那邊的人問點事，他們現在在這裡沒錯吧？」

「想調查黃鐵礦是嗎，我馬上派人聯絡。」

「謝謝！」

繆里的笑容讓基曼總是略帶尖酸的表情都柔和許多。

「堆滿人骨和黃鐵礦的船，真是讓人費疑猜啊……究竟是用來做什麼的呢。」

就連經手商品包羅萬象的基曼，都歪頭拈著下巴思索用途。

至於可能設有地下墓穴等收容大量遺體的教會設施，基曼也會幫忙問問替教會提供物資的商人。然而我們也不曉得瓦登他們起點是南是北，範圍也不明，查起來恐怕得費點時間。接下來的難關，就是得從這幾條選項之中找出正解。

如果能夠多幾條諸如「曾發生瘟疫」的條件就好了。會在一處堆積大量人骨的地方，會不會等於當地人口眾多呢？

為會見德堡商行的商人，我們離開羅恩商行沿著港邊走，並動員我所有知識拚命地想。能夠沒迷路、沒撞到人、沒被貨車撞就到達目的地，全是託繆里拉袖子引路的福。

「帶小孩不是騎士的工作耶！」

她還這樣罵我。

最後，我們來到由德堡商行的商人租下一部分的商行會館。

「我是德堡商行的雷利克。」

名叫雷利克的商人和我握手。他手掌異常地厚實，還有一腮鐵線般的鬍鬚，身材又偏矮小，活像傳說中深居礦山的精靈。

「或許，我該向您說聲好久不見才對。」

也和他握手的繆里為那粗壯的手掌吃驚時，他對我俏皮地這麼說。

「這個，不好意思，請問我們是在哪見過……？」

「其實我送過幾次石材和鐵製品到您那兒的溫泉旅館去。當時這位小姐還沒出生呢。」

「原來是這麼回事。」

我再次與他握手，並感慨世界真小。

繆里一聽那是她出生前的事，顯得有點沒趣。

「這件事還真是不可思議，居然有人會買黃鐵礦和人骨。」

雷利克坐在租借處的卸貨場角落。有許多商品在此進進出出，彷彿是天黑前的最後衝刺。

「而且還是大量進貨，想不通究竟是拿來做什麼。」

「嗯……」

他短短的手滿是要撐破袖子的肌肉，抱起胸來就像顆圓石一樣，與在船上作粗工的西蒙斯又是另一種氛圍。最後他嘆口氣，展開雙手說：

「首先，黃鐵礦是誰都不想要的垃圾。頂多只有騙子拿來當黃金賣，或者旅人買來打火而已。」

「有人說可以提煉出酸喔。」

繆里的話使雷利克點了點頭。

「在我們的礦山，也會用那種酸檢驗礦石。但就算提煉得出酸，也不需要那麼多吧。然後這個黃鐵礦最奇怪的地方，其實是冒險走私這部分。」

夏瓏也說過，如果只是黃鐵礦就可能直接放行了。一般而言，只有高價物才會課徵關稅，根本沒必要偷偷摸摸輸入沒什麼價值的黃鐵礦。

「聽別的船員說，他也會用合法管道收購黃鐵礦。」

雷利克挑起一邊眉毛。

「嗯……我也說了，黃鐵礦是垃圾。在我們的商行，只要跟買賣礦物的商人說一聲，量不大的話當贈品送你也行。但反過來說，一次蒐集那麼多是肯定會引人注意。要是可以便宜買的垃圾石頭其實很有用的事傳開了，商人就要抬價了。走私或許就是因為這點。」

雷利克又交抱雙手。

「只是照這麼說來，他用的量就是大到會需要擔心這種事的地步。最後還是想不透啊。」

「關鍵是在於用途嗎？」

礦物商人長嘆一聲。

「我們德堡商行有一大堆礦山技師和精煉方面的工匠，但是從來沒聽他們提過黃鐵礦有什麼新用途。」

「……搞不好真的只是用來當供品耶……」

繆里喃喃地說。這是最單純的答案，對她來說，與其發現不正經的用途，倒不如這樣還比較好吧。

「這用途實在是一團謎啊。拿鍛造來說吧，根本沒人想碰黃鐵礦。我在作坊的時候，還會咂著嘴把它挑掉呢。」

「咦，你以前是鐵匠啊？」

繆里訝異地問。我也覺得雷利克很符合礦山的形象，但看樣子他壯碩的軀體是在熾熱的作坊裡揮著鎚子打造出來的。

「我原本是刀劍工匠，所以如果有城裡工匠抱怨我們的礦品質太差打不出好劍，我就自己把他們敲到閉嘴。這讓我在作起生意來無往不利呢。」

雷利克在鬍鬚底下賊笑。

畢竟只憑沉默寡言的工匠氣質，是當不了商人的。

「刀劍工匠啊。」

繆里摸起自己腰間的劍，不知想些什麼。

希望她不是在動歪腦筋時，雷利克先開口了。

「小姐那把劍，其實我從一開始就很想看看了。」

「這個？劍身上面的藍色很帥喔。」

繆里拔出劍，刃部銀光蕩漾。

然後又收回鞘中，連鞘一起抽出來交給雷利克。

「嗯，失禮了。」

他先以雙手掂掂重量與重心，再輕輕拔劍。

「喔喔，好鐵。這把劍值不少錢啊，一點也不輸劍鞘的精緻裝飾。」

想到海蘭賞賜的這把劍究竟有多少價值，心裡就惶恐。

「這徽記也很有品味，最近都看不到狼了呢。」

比起讚賞劍，讚賞徽記讓繆里得意多了。

接回劍時，鼻孔都張大了。

「對了，以鑄劍來說，只有黃鐵礦礙事而已。」

雷利克仰望卸貨場高高的天花板說：

「人骨倒是需要一些。」

「用來做柄嗎？」

繆里吵著要傳說之劍時提過這件事。

「人家跟我說傳說之劍要用聖人遺骨，也會用普通人的嗎？」

「古老的刀劍是這樣沒錯，但人骨用途可不只是這樣。說到大量人骨以後，我才想起這件事。」

「咦？」

不僅是繆里，我也很感興趣。

「不過……你畢竟是黎明樞機，我不知道該不該說……」

雷利克有點玩笑性地這麼說之後，繆里迅速繞到我背後。

還以為要做什麼，結果是摀住我兩隻耳朵。

「好了，你放心！」

雷利克豪爽地笑了笑，繼續說下去。

「煉鐵的時候，會在爐子裡加人骨。」

「是為了某種魔法效用？」

我忍不住這麼問，而雷利克沒否認，歪唇一笑後忽然板起了臉。

「精煉鋼鐵這種事，往往給人一種神聖的感覺。爐子裡光輝眩目，扳也扳不彎的金屬會在那裡頭熔化、混為一體。盯著鐵水看，總會讓人覺得那裡面隱含著生命起源的奧祕。」

我曾聽人形容說鍛爐裡有另一個太陽。所有物質將在那裡頭互相融合，如新芽破土般以新的形體重生。作坊的工匠們就是因此在爐前不發一語，獻上無言的祈禱。

「當然，很早以前就已經沒人迷信這種事，現在只剩下形式而已。況且還有教會盯著呢。」

雷利克說這句話時又露出賊笑。

其實鐵匠私底下還是會進行類似的儀式吧。

「精煉的程序，完完全全是技術的精華。獻祭羊隻對鐵質沒有任何影響這種事，早就經過驗證了。但相反地，既然結果不變就想在程序裡多加點工夫，也是人之常情。」

我拿開繆里捂也是白捂的手，注視雷利克。

而他看著自己厚實的手說：

「有時候，會有傭兵來到我們的作坊。」

「傭兵？」

「他們放下行囊，要我們用裡面的骨頭煉鐵鑄劍。」

打開行囊一看，裡頭裝滿了沾有血漬的人骨。

他們的意圖顯而易見。

「他們是為戰而生，為戰而死的一群人，要把同伴的靈魂融入劍裡。」

繆里最喜歡這種故事，所以現在換我按住她腦袋了。

要是耳朵尾巴冒出來了還得了。

「古代用人骨作劍柄的傳統，也助長了這樣的想法。」

「不只是傳說之劍這樣？」

雷利克慢慢地點頭回答繆里。

「以前的劍士認為，以人骨作柄可以使劍具有生命，因為骨頭上會留有人的生命力嘛。該說是靈魂的碎片嗎？」

異端一詞朦朦朧朧地浮上腦海。聖經教導我們，肉體不過是靈魂的容器，死後靈魂會迅速前往神的跟前，肉體單純是回歸塵土。

然而我也能理解人們想藉遺物追思他人的心情。夏瓏踢開骷髏頭時我也慌了一下，壓根沒想到聖經那些話。

而我心中這些紛亂的糾葛，也都寫在臉上了吧。

雷利克看著我輕聲說道：

「在黎明樞機面前這樣說或許不太好，但我接下來要說的跟迷信和偏執一點關係也沒有，是有憑有據的事。」

「……有憑有據？是說……用天平秤靈魂重量那樣的嗎？」

這是個由一名行動派神學家所進行的知名實驗。他打造一座精密的天平，把將死之人擺在其中一邊，另一邊放置等重砝碼，想看看人死後天平是否會傾斜。

結果天平果真往砝碼傾斜，需要三顆小豆才能補足遺體失去的重量。從此便出現了靈魂重約三顆豆的說法。

「不不不，這場實驗是很有意思沒錯，但我要說的與這完全無關，純粹是碰巧發現的事。」

雷利克清咳一聲說道：

「煉鐵的時候，本來就會加些蛋殼、石灰，甚至是骨頭。這是去除金屬雜質的必要過程，煉鐵也有一樣功效，只是量不同而已。這其中骨頭最為特別，但不單純是出於對死者的敬畏。」

雷利克緩緩鬆開握起鐵鎚般緊握的拳。

「傳說中，最早發現生命力會留在骨頭上的是鐵匠。這是因為作坊裡都會堆放用來作柄或精煉的骨頭，而某天有個鐵匠發現堆放骨頭的地方草長得特別快。」

繆里單純為這件事感到驚訝，而我也受到了另一方面的震撼。

見到我們這反應，雷利克繼續說。

「從此之後，人們就開始在田裡埋入豬骨或羊骨了。」

「……當作肥料嗎？」

雷利克聳起粗壯的肩。

「因為這個緣故，永遠為誰來打劍和匕首的事爭個沒完的刀劍公會和匕首公會，論起農具總是一團和氣。發現用骨頭當肥料能養肥麥子這件事，是鐵匠共同的驕傲。只要是有爐的地方，兩邊都願意打。而見到麥子能長得更好以後，工匠也開始用骨頭來煉鐵，希望能煉得更好。」

當他說完，繆里已半張著嘴，我也睜大了眼睛。

想想拉波涅爾是塊什麼樣的地方吧。

不就是一望無際的麥田嗎？

「雖然我是想到什麼就說什麼，但看樣子是幫上忙了吧。」

雷利克的話使我回神。

「是、是的，幫了我很大的忙。」

即使也有可能是為了打造農具，不過考慮到諾德斯通領地是怎樣的土地，我還是認為肥料才是正確答案。要在漫無邊際的麥田施肥，需要多少骨頭根本無從計算。

有這樣的根據卻對我們隱瞞這點，以走私方式蒐集人骨，會是害怕別人當他是異端嗎？

想到這裡，我注意到一件事。

「就當是肥料好了……為什麼非用人骨不可？」

雷利克說人們早就會用豬羊的骨頭當肥料，那麼諾德斯通為何甘冒被人視為異端的風險走私人骨呢？

「這樣啊？我倒是覺得他滿會挑的。」

雷利克抱起胸來，玩味地摸起下巴鬍鬚，並維持姿勢往我看來。

「有時候為了打儀式用的東西，我們也會弄些骨頭來。只是肉店的豬羊骨通常早就賣給農家了，又有一定程度的價格，想湊齊數量也不簡單。不過人骨就不一樣了。」

因為誰也不會收購那種東西。

「如果是敢在刀口上賺錢的人，就能把人骨當作免費的肥料，種出一大堆便宜麥子來。」

我覺得解釋的材料都湊齊了。以骨頭做肥料這點，與拉波涅爾的麥田並不相背，且能說明為何需要大量收集。不用豬羊骨而採用容易招疑的人骨，也能以費用解釋。

然而似乎還缺臨門一腳。用人骨的事一旦曝光，只會替異端之嫌火上加油，冒這麼大的風險感覺不太划算。諾德斯通既然能闢出那麼有學問的麥田，多花點錢買豬骨羊骨才合理吧。

還漏了什麼嗎？還是說肥料本來就是錯誤方向？

繆里推起理來腦袋比我靈光得多，她會怎麼想？

往她望去之後——

繆里掛回腰間的劍映入眼中，深深扎進我的思緒。

「該不會……是這樣？」

「咦？」

我沒解答繆里的疑問，先捧起了劍。我想起的是雷利克口中不時造訪作坊的傭兵。

——他們要鐵匠用那些骨頭鑄劍。

這句話其實意義深重。

他們想感到死者就在身邊。希望死者留在身邊。

假如諾德斯通也是那麼想，那麼骨頭會從哪來呢？答案似乎呼之欲出。

「話說回來，我找的人怎麼還沒來啊？」

我回過神來，往雷利克看。

「聽說我底下有個人正好是黎明樞機閣下的舊識，所以我就順道找來了。該不會是迷路了吧，這個人的腦袋跟一般人不太一樣。」

基曼似乎也提過這樣的人。

然而我一樣猜不到那究竟會是誰。

「我去找找好了，這附近的商行都長得差不多。」

雷利克離開所坐的木箱，就此快步離去。我目送其背影的同時感到一陣恍惚，是因為有張圖表在我腦袋裡成形了。

「大哥哥，你發現什麼了？」

也望著雷利克的繆里轉向我問。

「是關於拿骨頭作肥料的事吧？可是……」

繆里也很在意我注視她劍的舉動。

「我大概知道骨頭是從哪來的了，應該很快就能找到出處吧。」

「真的？」

「那艘船，還真的是幽靈船呢。」

繆里愣了一下，然後尷尬地笑。

大概是覺得很難笑吧，但我不是在說笑。

「妳想想諾德斯通閣下怎麼會繼承這個姓氏。他的故鄉不是在海對面的大陸那邊，結果後來被滅了嗎？有大型地下墓穴的修道院，往往是因為發生了這種事而興建的。」

這只會發生在死者多到埋不勝埋的時候，所以基曼先從發生過瘟疫的地方找起。大飢荒也有可能，但還有一種事會更直接地奪走特定地區的大量人命。

那就是大戰，足以傾覆一整個領地的大戰。往這找就對了。

「那麼……那個爺爺是想送他們回家？」

他所出生的葛雷西亞領地，是遭到毀滅的王國領地。

諾德斯通是被鍊金術師拉著手，拋下眾多同胞逃回來的吧。

當時他太過幼小，什麼也做不到，但長大以後卻將荒地變成了麥田。

難道他不會覺得與其讓從前的領民在異國土地沉睡，不如在豐饒麥田底下長眠嗎？難道他不會希望讓他們在新的土地孕育新生命嗎？

這麼想之後，我開始覺得極其詭異的蒐集人骨一事不應該以異端定罪了。同時，也了解教會對此絕不會有好臉色看，所以需要藉走私的方式避開麻煩。

而且雷利克也說了，人骨和豬骨羊骨效果相同，卻便宜得多。

對諾德斯通而言等於一石二鳥，符合他做事講方法的領主形象。

「如果諾德斯通閣下的用意真的是這樣，那我可以抬頭挺胸地為他反抗教會。」

感到案情前進了一大步時，我發現繆里不太對勁。

「繆里？」

應該最樂見諾德斯通洗刷嫌疑的人，臉上卻沒有笑容。

「唔、嗯？呃……這樣是很合理啦，可是好像哪裡……怪怪的。」

繆里手抵在鼻子上，不知在想些什麼。

「怪怪的嗎？」

會是覺得拿人骨作麥田肥料太附會嗎？

還是在意黃鐵礦那邊呢？

等待沉思的繆里說明時，雷利克又出現在門口。

「我帶她來了！還真的是迷路了。」

立於雷利克身旁的是個氛圍與商行門口不太相襯的女性。

這位黑袍女子狀似服喪的淑女，亦如寄身於嚴格修道院的修女。在深濃暮色中也依然赫赫醒目的威嚴身影，讓卸貨場的男性們都看傻了眼。

我認識這種人嗎？而且還是舊識？

那名美女望著我微笑，淺色雙唇之間流出比想像中溫柔得多的音色。

「我的天啊，那個可愛的小弟弟長這麼大啦。」

與海蘭截然不同的高雅，是因為她多了份嫵媚吧。可是，我小時候見過這樣的人嗎？探尋記憶的途中，繆里眨著眼說：

「鳥？」

我的記憶終於復甦。

「狄安娜、小姐……」

她是繆里的父母在旅途中結識的非人之人。當時我還沒加入他們的行列，但她有來參加他們的婚禮。

「沒錯，好久不見。你們在聊的事，好像很有意思嘛。」

狄安娜眼瞇得細細地說。

這位美女，是由鳥所化成的鍊金術師。

想了解諾德斯通為何做那些事，沒有比她更好的人選了。

第四幕

雷利克那有貨要進來，我們便改到狄安娜的下榻處談。

路上先到羅恩商業公會，請基曼調查當年葛雷西亞領地週邊的大型教會設施。基曼雖沒聽過葛雷西亞領地，仍答應協助調查。

我們繼續在路上說明諾德斯通的事，來到深在凱爾貝舊城區內的一棟民房。周圍草木疏於整理，又雜又暗，但狄安娜說這樣反而自在。

「我跟婚禮上認識的兔子商人一見如故，而我自己又需要很多石頭作研究，只要他們在南方開設分行就會方便很多，所以就來幫忙了。」

狄安娜端出水果酒，另給繆里一杯還沒變成酒的蜂蜜葡萄汁。聽說那原本要做成實驗用的醋之後，連繆里也忐忑地舔舔再喝。

「話說回來，十年的時間，在人世裡真的影響很大呢。」

她在桌上放下自己烤的餅乾並這麼說。那自若的笑容中，含有被時光之流擱下也能樂在其中的長者餘裕。

「連女兒都長這麼大了。」

狄安娜難以置信地笑，繆里縮縮脖子。

她含蓄的態度，讓我猜想她會不會也是像哈斯金斯那樣擁有強大力量的巨鳥時，繆里怯怯地開口問：

「狄安娜……姊姊，妳……」

沒稱她阿姨，是因為她對伊弗那麼說之後臉頰被捏到快哭出來過吧。

「妳跟爹娘他們一起旅行過嗎？」

「正確來說，是在旅途上認識的。就在南邊一點的城鎮。」

繆里視線左右飄忽了幾下，最後鼓起勇氣似的問：

「爹娘很少提起妳的事……你們該不會是吵架了吧？」

狄安娜顯得有些意外，而我也終於了解繆里為何態度一反常態。

她對父母的大冒險當然是再多也聽不膩，也幾乎全部都記住了吧，可是他們卻很少提及狄安娜的樣子。

我是聽別人說過，知道他們為何閉口不提。對不知情的繆里來說，猜想他們之間有過不愉快也是在所難免。

而這位狄安娜的個性似乎和伊弗一樣喜歡捉弄人，只是調性不太一樣。

「我是可以告訴妳啦……他們現在感情還好嗎？」

居然對繆里這麼問。

「爹跟娘？好到我都想吐咧。」

在女兒繆里看來，父母如膠似漆的樣子很肉麻，但那樣的回答已足以逗樂狄安娜了。

「那我要說的事，妳應該會覺得很有趣吧。」

「是嗎？為什麼？」

「因為當時啊，他們光是牽個手就會臉紅呢。」

繆里的耳朵和尾巴立刻從頭頂腰間蹦出來。

她不只熱愛劇奸除惡的故事，羅曼史更是愛得不得了。

「我想聽！」

雖然覺得聽了會有點對不起赫蘿和羅倫斯，但我絕不是替他們顧面子才喊停。

「在那之前，有些事我想請教您。」

繆里噘嘴瞪來也沒用，現在不是玩的時候。

「想問黃鐵礦和人骨的事是吧？」

繆里嘟圓臉頰，伸手抓一塊狄安娜招待的餅乾。被它的硬度嚇一跳之後，接受挑戰似的齜起牙，啃得咔咔響。

「我已經知道人骨八成是用來作肥料，可是黃鐵礦就想不通了。」

「就說是提煉酸嘛！」

繆里噴著餅乾碎屑說。

「我也是先想到這個，可是買一船的礦，搞不好連我死了都用不完吧。」

我不認為答案會一問即出，若連狄安娜都不知道，剩餘選項就很有限了。而一人往西方大海去了，一人的嘴比什麼都還緊，只能先將矛頭指向弱點最明顯的瓦登。

「有鍊金術師協助他是嗎？這麼說來，已經過了實驗階段吧。」

聽不懂的我，和嘴角沾上餅乾碎片的繆里面面相覷。

「我是說，他們開發了某種新技術，現在已經進入實行階段，才會用到大量的黃鐵礦。不過什麼事會用到黃鐵礦呢？」

狄安娜說話不想是替我們解釋，而是幫助自己深入思考。

我閉上嘴，不去打擾她，繆里卻仍在她身邊咔咔咔地啃餅乾。

「繆里。」

大概是啃起來真的很痛快，出聲制止卻被她露齒威嚇。

「呵呵。這餅乾也是婚禮上認識的人教我的喔，記得是艾莉莎吧。」

她是真正教懂我何謂信仰的恩人。

「還有啊，那其實是要用飲料泡軟再吃的。」

「嗯咕。真的嗎？咬起來口感很棒耶。」

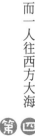

我還怕她咬斷牙齒呢，該說真不愧是狼吧。

「啊，我還想問姊姊一件事。」

繆里用臼齒咬碎最後的碎片後問：

「從那個叫黃鐵礦的東西提煉出酸的具體過程是怎麼樣啊？他那裡會有什麼一眼就能看出在提煉酸的東西嗎？」

我想起在諾德斯通的屋子裡見到的蒸餾器。

「就是放進我在房子裡見到的蒸餾器裡烘烤吧。」

「烘烤……？」

「以酒來說，是類似酒的精華的東西跟水混合出來的。把酒拿去煮開，就能取出那個精華。」

「酸也是這樣？」

覺得應該也是如此的我望向狄安娜，而這位鳥所化成的鍊金術師輕點了頭。

「基本上是那樣沒錯。只是，你們說在他家看到蒸餾器是吧？很遺憾，那應該不是證據。你們會認為那是蒸餾器，是因為那是金屬製的吧？」

「應該吧……感覺像是銅。」

狄安娜想了想，審慎地說：

「那麼酸應該是在其他地方提煉的沒錯。黃鐵礦的酸可以溶解多種金屬，衣服也溶得掉。」

「咦！」

愛美的繆里趕緊查看衣服有無損傷。

「所以提煉自黃鐵礦的酸，會用鉛或錫等金屬容器保存，最好是玻璃。用銅製蒸餾器去烘烤黃鐵礦，馬上就會燒得破破爛爛。再說，假如那真的是他使用的蒸餾器……對，妳這隻狼應該當場就發現了。」

狄安娜對繆里說道：

「黃鐵礦是要用火去燒，把那個煙收集起來溶於水中，再將水濃縮以後才得到酸液。那時候的煙啊，實在太可怕了。」

「很臭嗎？」

「啊！」

我替繆里問，而繆里忽然大叫。

三角狼耳還高高豎起，手抓得我肩膀都痛了。

「對對對，味道啦，大哥哥！我一直覺得很奇怪！」

「味道？」

繆里說：

「先前那個伯伯說的！就是味道啦！」

完全聽不懂。

我望向狄安娜，看她是否懂了些什麼，而她卻歪頭不語。

「吼～！我可是狼耶！大麥小麥都聞得出來，有人骨灑在田裡面怎麼會沒發現！」

在那寬廣的麥田邊，繆里的確是一臉心曠神怡地大口吸入充滿青草香的空氣。這麼說來，難道以人骨作肥料的假設是錯的嗎？

剛得到的線索又化為虛無了。

這麼想之後，記憶中麥田邊的繆里繼續動作。

當時她走近麥田，蹲了下來。

「麥田裡不是沒什麼不對勁嗎？」

「咦？啊，嗯，有一種怪怪的味道喔。奇怪，那該不會是骨頭的味道吧？」

我有種深夜在桌前書寫的焦慮。

明明有燈，卻被自己手的陰影遮住了字。

要找的東西感覺就在眼前，但怎麼也搆不著。

這樣的我們讓狄安娜嗤嗤笑道：

「呵呵，不錯喔。真的很不錯。」

嫵媚的鍊金術師望著窗外天色漸暗的巷弄。

轉回來時，眼睛瞇得像是看著耀眼的東西。

「參加他們的婚禮後，我開始覺得自己躲在陰暗的房間裡很傻，又開始嘗試接觸人世了。」

見過繆里父母那樣，也難怪她會這麼想。他們紐希拉的溫泉旅館會這麼受歡迎，原因八成就在這裡。

「雖然與人交流難免會有些不愉快，但也會帶來意想不到的快樂。有時那會是如此熱鬧黃昏下的對話，或者是替這個早就看慣了的世界帶來新觀點的時候。」

繆里也會讓我有這樣的感受，但我完全不了解狄安娜為何這麼說。疑惑之中，她纖白的手伸向桌面。

「鍊金術師善於把人們想不到的東西組合在一起，造出新東西。所以我在想，把你們說的話組合起來會怎樣。」

是指組合人骨肥料和黃鐵礦嗎？

「肥料是用來滋養大地吧？而我們的肥料，是沒有狼的牙齒就恐怕咬不動的餅乾呢。」

「……呃……」

回答的是繆里。

「所以用什麼都能溶化的酸！」

狄安娜輕輕地瞇眼微笑。

「人吃壞肚子，不也會吃煮得爛糊糊的麥粥嗎，那麼其他地方也能運用相同道理吧。」

「土地也是嗎？」

「其實作實驗的時候，如果想加快反應，會先把材料切碎。」

也就是說堅硬的骨頭溶化以後，效果會更快嗎。

「這樣也能一併解決量的問題。要給那麼大的田施肥，骨頭再多也不夠用，用來溶骨的酸也一樣。要弄滿一口甕的量，可是很累人的呢。」

這瞬間，那城鎮的景象忽然布滿我眼前。

拉波涅爾，以小麥主要產地著稱。

在那裡掌管豐收的，是誰呢？

「該不會……這就是選聖烏蘇拉的原因。」

為拉波涅爾帶來奇蹟的守護聖人，不是騎普遍的羊或豬，而是坐在大水瓶上。因為聖烏蘇拉給了他們會湧出豐饒之水的奇蹟水瓶。

「可是……喔不……真的嗎？」

種種散亂的證據驟然被堅韌的線聯結起來。我真的認為這個假設，甚至可以解釋關於諾德斯通家的所有怪異謠言。

原來荒蕪的大地突然出現掌管豐饒的守護聖人，在暴風雨中隨幽靈船的出現流上岸的大量人骨，多到讓人懷疑是用來與惡魔交易的黃鐵礦，全都指向了麥田。

原以為是想像的產物，如今卻伴著實際形體從天而降，使發麻的感覺從腳底急湧上來。

就快被這興奮淹沒時，我的視野忽然搖晃而回過神。

原來是繆里在搖我的肩。

「大哥哥，不要恍神啦！」

「啊，好、好的。」

在那紅眼睛的注視下，我總算恢復冷靜。

被老鼠洪水沖得暈頭轉向的繆里，在這種時候特別可靠。

「狄安娜姊姊，妳有辦法確定剛說的是真是假嗎？」

「黃鐵礦的酸我這有，骨頭的話去肉舖就能弄到幾根豬骨牛骨吧。溶化以後對麥子有沒有幫助，就只能靠妳這隻能寄宿在麥子裡的狼的女兒來聞了。」

「那就拜託妳啦！」

即使被硬塞工作，狄安娜也反倒有趣似的微笑。

「那麼大哥哥！」

繆里站起來看著我說。

表情像在生氣，同時也有點不安。

問她表情為何如此，並不是難事。

「那個爺爺是壞人嗎？還是怎樣？」

繆里想知道的是諾德斯通是不是異端。他是活在瘋狂所推動妄想世界裡，還是有所苦衷而無法將事實公諸於世。

截至目前，事情就像走在剃刀邊緣上般岌岌可危，但我無法斷定他是異端，即使利用人骨也一樣。

聖經裡有個故事，說一名聖人來到一個受旱災之苦的村子，用自己的血替人們止渴。同樣是飲血，在不同狀況下就會被人當場論斷為異端而判處絞刑了。目的不同，就能使行為正當化。諾德斯通與其鍊金術師的行為，是位在合乎神意的界線邊緣的神這一邊。

「我想……他，不是異端。喔不。」

我搖頭重說。

「沒錯，他不是異端。假如他真的是這麼做，那我可以坦蕩蕩地替他說話。」

若知道人骨出處其實是從前的葛雷西亞領地，王族也很可能願意替諾德斯通撐腰。我相信只要是經歷過戰爭的人，無論是誰都有一定程度的共鳴。

那我該選擇的，就是按照預定計畫，經由勞茲本將瓦登他們的船歸還諾德斯通。

因為從勞茲本就始終不絕於耳的詭異謠言，全都是有憑有據的事。
「大哥哥，還要趕快跟臭雞說啦。老鼠他們一定快急死了。」
繆里都拉扯袖子要我動身了。
「呃……」
我看看狄安娜，她愉快地瞇眼而笑。
「不用管我。不過──」
這位嫵媚美女的笑容，竟意外地純真。
「兩個人的旅行啊，好像也很有意思。」
被繆里拔蘿蔔似的催成這樣，我很難當場同意她說的話。接著繆里又趁隙說道：
「旅伴一定要選好喔！照顧大哥哥這種笨蛋真的累死人了！」
我睜大眼睛往繆里看，被她用「有說錯嗎？」的眼神瞪回來。
這讓狄安娜終於笑出聲來了。
「快，撥雲見日了！大哥哥！」
得知諾德斯通和瓦登都不是壞人後，繆里開心極了。
雖然吵得我耳朵都痛了，但總比遇上悲劇而悶悶不樂好。
好上太多了。

「想不到，居然一次就把每件事都說通了。」

「這世上的不可思議是無窮無盡，真相亦然如此吧。」

鳥所化身的鍊金術師狄安娜，包起剩下的餅乾送我們離開。

繆里將餅乾當賢者之石一樣接下，舉得高高的。

回到羅恩商業公會後，基曼裝模作樣地攤開大地圖，開口前先指出一塊以墨水圈起的地方。

那是位在凱勒科北方，約小指尖大的領地。

「從前，這座城的正教徒與異教徒以河為界互相對立。如果王國又從北方侵略，多半會演變成三方混戰。我也是第一次聽說這裡以前是王國的領地，大概是後代都已經滅亡，沒人傳頌他們的故事吧。」

地圖上，那小小一圈無足輕重。但從前那裡有人居住，與傾覆其人生的歷史一同長眠。

「有幫上忙嗎？」

「謝謝！」

繆里撲抱基曼，使沉著冷靜的商館之主詫異得睜大了眼。

「爹娘他們把你說得跟壞人一樣，害我好擔心喔！」

她居然說得這麼直接，讓我為她的少根筋捏把冷汗，不過基曼本人倒是顯得很得意。

「還用說嗎，我可是壞商人呢。」

「比伊弗姊姊還壞？」

基曼挺高胸膛，用手拉平上衣。

「那當然。」

那高傲的笑容惹得繆里哈哈大笑。

後來繆里吵著要我快趕到凱勒科去，可是天色已晚，出不了船。沒提議騎馬走陸路，是因為前往布琅德大修道院那次，屁股被馬背顛到痛死了吧。

於是我們返回房間寫信。繆里開窗吹聲口哨，很快就有海鳥飛來窗邊。

「那就拜託你嘍。」

繆里將騰上古葛雷西亞領地地圖，並記述當地教會設施與事情緣由的信件綁在海鳥脖子上。海鳥查看風勢般上下擺喙兩三次，一溜煙飛上灰雲斑駁的藍色天空。

「對了，狄安娜小姐是鳥的化身？」

我關窗轉身，見到繆里在床上伸展手腳。今天奔波了一整天，又發現如何洗清諾德斯通的嫌疑，她也總算能放鬆了吧。用力而膨脹的尾巴在卸力時整個塌下來的樣子，讓我不禁笑出來。

「……呼。對呀，她跟臭雞不一樣，是脖子和腳都很長的大鳥喔。」

她瘦高的形影，使我聯想到北方的候鳥。

這時，繆里冷不防跳起來。

「忘記問娘他們的事了！很重要耶！」

她立刻跳下床，匆匆整理行裝。

「繆里，天都黑了。」

「不行！今天我就要知道！」

看來繆里還要很久才能習得騎士的沉穩。

「我一個人去就好，你留在房間等我吧。」

她以皮繩綁緊腰間佩劍並這麼說。

讓女孩子在天黑以後單獨上街不太好，但應該比起我獨自閒晃安全得多了，可是問題好像不在這裡……還沒糾結完，繆里已經不見了。

開窗一看，繆里就像是知道我會這麼做，在人影變得稀疏的港邊揮手。

傻眼嘆息的我也仍苦笑著揮揮手，繆里笑嘻嘻地消失在陰暗的城裡。

感覺上，我好像被繆里帶壞了。

「那我就把握時間，把剩下的工作處理完吧。」

如同修士謄寫的寶貴聖經偶爾會沾上貓的腳印，繆里也常在我寫東西時來搗亂。尤其是寫給海蘭的信，她盯得簡直像在查驗有沒有暗藏密碼一樣。

我趁狼不在坐在桌前打開墨壺。得向海蘭報告事情經過，請她計劃如何善後才行。除了瓦登的真實身分外，其他都據實以報就好了吧。

斟酌著如何行文並拿起羽毛筆時，有人敲門了。

「請進。」

然而應門之後，門沒有任何動靜。

聽錯了嗎？我起身開門，結果一個人也沒有。

「……？」

也許是現在離商人退兵回窩的時間還早，陰暗的走廊左右兩端都是一片空寂。關上門想坐回去時，咚咚咚的聲音又來了。

原來敲的不是門，是窗。同時還有霍霍的振翅聲。

「回信來了？」

這也太快了吧。一開窗，跳進來的不是海鳥，而是鴿子。

「哇、哇！」

鴿子生氣了似的在房裡亂飛，繞了三圈左右才總算降落在床上。脖子上綁著書簡，是夏瓏派來的吧。

但每當我接近，牠就張開翅膀想飛，表情也像是不知如何是好的樣子。

「啊，因為繆里不在嗎？」

如同我無法區分城裡的鴿子，鴿子也認不出我是誰。

思考該怎麼辦時，窗外又傳來振翅聲，另一隻鴿子停在窗框上。第二隻鴿子看看我和床上的鴿子，輕拍翅膀飛上我右肩。看來牠認得出我。

腳上理所當然地綁了紙條，攤開一看，竟然是繆里醜醜的字，寫著：「晚餐我在狄安娜這吃喔！怕孤單也要忍耐喔！」

受不了……我霎時沒了力氣，但見到肩上鴿子後心生一計，比手畫腳地要牠替我跟床上的鴿子溝通。而後鴿子鼓起喉嚨，叫了一聲。

床上的鴿子驚訝地伸長脖子，回應般抖了抖。

看來是講妥了，床上的鴿子也往我左肩飛來。

「鳥這樣看起來也挺可愛的嘛。」

我取下牠脖子上的書簡，用指尖輕撫牠的頭，牠也滿足地咕咕叫。

「呃，那這邊是……」

我以為有信就是夏瓏寄來的。說不定是她成功說服了瓦登他們而得知謎底，剛好和我的通知交錯了。

但在苦笑著猜想繆里肯定會很嘔並展開整齊折好的信紙那瞬間，我竟被一股無形的壓力賞了一巴掌。信以工整得嚇人的字跡寫成，言簡意賅，力量巨大到一時進不了我腦袋。

信是人在拉波涅爾的亞茲寄來的。

——請立刻返回拉波涅爾。

——主教得知走私一事，城裡有混亂情形。

——史蒂芬閣下身為執法者，已下布告捉拿前任領主。

字面是一看便知，但花了一段時間才下嚥。

之後幾行是簡短的說明，表示參與諾德斯通走私船走私的商行因船隻擱淺而無法及時交貨，導致走私曝光。需要如此鋌而走險，可見經營狀況真的艱困。史蒂芬那座宅子，不就是王國與教會的對立攪亂了貿易網，逼商人不得不拿來抵稅的嗎？

無論有何苦衷，對於早已將諾德斯通視為疑犯的主教來說，沒有比這更大的動機了。事實上，現任領主史蒂芬也是一副不願再反抗主教的樣子。對史蒂芬而言，與其強行保護怎麼看都是異端的諾德斯通，向教會表示恭順才是真正為領地好。

亞茲認為，主教或許會以調查走私為由，將諾德斯通拖上異端法庭。假如我是主教，我也會這麼做，且為防萬一，還會先將諾德斯通帶到王國權力所不及的大陸那邊。

在那之前，必須有人站出來證明諾德斯通的清白。

「可是我……是要怎麼回去……」

我沒有翅膀，敞開的木窗另一邊吹著比黃昏更強的風，濕氣還很重。繫在港邊的船隻軋軋作響，其間還有白浪破碎的聲音。

在這乾著急也不是辦法。

「能幫我送信嗎？」

我向替繆里送信的右肩鴿子問，但唯一能寄託的鴿子卻看著我歪頭。

「……啊啊，可惡，太依賴繆里了！」

亞茲能送信，是因為他懂得未雨綢繆，先問了繆里怎麼請鳥送信吧。可是愚蠢的羊卻只會跟著狼尾巴走，想都沒想過。

肩上的鴿子是無辜的，我便小心翼翼將牠們請下肩膀，熄滅蠟燭抓起外套，出了房間又連忙回頭關窗再出去。說不定會有暴風雨呢。

穿過一樓大廳時，基曼對我露出疑惑的神情。

「那個，不好意思，這麼晚了還有船去王國嗎？」

我自知不太可能，但不得不問。

「……我姑且找找看。」

「麻煩了。」

我這就離開商行，拍在臉上的風出奇地冷，使我打著哆嗦跑過失去人潮的港邊。港邊只有零星幾堆弱小的篝火，船隻都像繫在馬廄裡的馬一樣安靜，彷彿在暗示夜海不是他們的場地。

夜裡能否出船，我已經在北方群島學過教訓了。況且天氣又轉壞，更別說風這麼強了。基曼或許能找到幾個不要命的船員，但這樣我自己也得冒生命危險。

考慮到諾德斯通危在旦夕，我必須盡快返回拉波涅爾。謎團都查清了卻絆在這裡，豈不是全泡湯了。在黑暗的凱爾貝街道上，我愈跑愈焦慮。

因此迷路了幾次，好不容易才找到狄安娜投宿的地方。連敲門的時間都省了，直接拉開面路的窗。

「啊，大、大哥哥！」

往裡頭一探，只見繆里嚇得尾毛倒豎，還倉皇放開木酒杯，內容物自然不言而喻。

「這、這個……」

看她拚命想辯解的樣子，我嘆個氣要她別急，從懷裡取出亞茲的信交出去。

繆里疑惑地小心接近，伸手取信。

不等她看完，我先對狄安娜問：

「有件事想拜託您。」

那美麗的鍊金術師保持淡淡笑容，優雅地側首。

「我聽說您是鳥的化身，能送我們到王國去嗎？」

繆里的驚訝不知是來自我這句話還是信的內容。無論如何，想躲著囉唆兄長偷喝葡萄酒的搗蛋心態已經一哄而散了。

「怎、怎麼辦！爺爺要被殺掉了！」

這話使狄安娜稍微皺眉，又轉向我。

「看來你們有十萬火急的事要辦，但我無能為力。」

她纖瘦的身軀伴著嘆息靠上椅背。

「我雖然是鳥，能送的頂多是嬰兒罷了。」

好像有聽過送子鳥的民間故事。

平時或許會想多問兩句，但此時現實正洶洶而來。

「坐船行嗎？只是這陣子天氣不太穩定。」

凱爾貝與王國可謂是眼鼻之距，天氣好便能看到對岸，據說厲害的人還能把標槍丟過去。但在風強浪高的夜裡出航有多危險，我已有過親身體驗。

「我有請人找了……」

「那可以讓姊姊代替我們去救人嗎？」

繆里整個人傾到桌上問，而狄安娜眉頭皺得更深了。

「我是可以飛一趟……可是到時候，恐怕會有更多問題。」

「為、為什麼？因為妳不認識爺爺？那只要認得出還在拉波涅爾的亞茲就行了！他跟臭雞那邊的鳥很好，姊姊一定認得出來！」

繆里一口氣說了一大串。聲音那麼大，是因為狄安娜表情無動於衷吧。狄安娜靜靜聽到最後，動也沒動地回答：

「不是那個問題，妳哥哥應該會懂吧。」

狄安娜平靜的視線，和繆里火燙的目光都投射過來。

「……現在諾德斯通有異端之嫌。狄安娜小姐在這時候去幫他，會造成不自然的狀況。」

「！」

繆里嚥下口中的話，表示這伶俐的少女已經懂了。

人們原本就懷疑諾德斯通將靈魂賣給了惡魔，要是再依靠非人之人的奇蹟，等於是印證他們的懷疑。

「畢竟不能像鳥飛不留影那樣。就算那位老爺爺被幽禁起來，我也能啄破石牆把他帶出去，但這也得付出相對的代價。況且我這麼大的鳥飛過城鎮，想必會有人當我是惡魔的使者吧。」

無論狄安娜的真身是什麼樣的鳥，一定是非比尋常。光是出現這樣的鳥，恐怕就會被人視為凶兆，成為架上火刑台的根據。

別忘了外地旅人經過遭蟲害的麥田邊時會有什麼無妄之災。

「那、那就找臭雞！她行吧！」

「這個嘛……妳們說的這位夏瓏小姐好像很懂得人類社會怎麼運作，找她幫忙才是最好吧。而且，你們的同伴不是還有老鼠嗎？」

正確說來，瓦登他們不算是同伴，但繆里早就把他們當自己人來介紹了吧。

「這麼說來，請夏瓏小姐和老鼠在今晚一起到王國去，潛入牢房把人救出來還比較實際呢。」

「就是啊！聽到沒，大哥哥！」

「可是——」

狄安娜冷靜地給予警告。

「這麼做會留下他逃獄的事實，也無法改變他與教會為敵的事實，這樣前任領主在那裡就待不下去了。沒關係嗎？」

繆里想大叫似的張開嘴，出來的卻只有嗚咽般的吐息。

諾德斯通曾枯乾地悲嘆自己無法在那塊土地紮根。

現在還不是自願求去，而是成為眾矢之的而逃亡。

到這地步，諾德斯通能去的就只剩與死亡比鄰的西方大海了。

聰明的她很快就理解這點，盡可能壓下了感情，但那並不代表她心裡也同樣成熟。激情撞上理性的堤堰，幾乎要把繆里的心給震破了。我不忍心看她那樣，隔著窗口緊抓她雙肩。

「繆里，妳冷靜一點。至少那邊還有亞茲先生在，他可是那位伊弗小姐的部下啊。」一定會有些對策才對。

「唔唔唔唔唔……」

繆里在我掌中低吼，是因為她肯定諾德斯通並非異端。

事情只差一點點就能圓滿落幕，一定讓她懊惱極了。

「而且我們最晚也會明天就到王國去。」

「在這種天氣？」

繆里的狼耳狼尾都似乎有些受潮了。

在紐希拉的山裡，這名少女能比其他人都更早察覺天氣的變化。

「明天多半會起大浪，你忘記北海的事了嗎？」

「先到凱勒科去怎麼樣？」

狄安娜的聲音插了進來。

「我樣子太顯眼，要到緊要關頭才能出手。不如就先通知夏瓏小姐他們，請他們到王國去吧？他們應該能在暴風雨來臨前趕到王國那。然後……我想想，問問諾德斯通自己怎麼想怎麼樣？他想到西海盡頭去沒錯吧？假如他對故鄉沒有留戀，還有投靠我們這條路能走。」

狄安娜不愧是在古老城鎮當了多年鍊金術師。

替我們指引了一條確實的明路。

「以妳的腳程，到凱勒科應該用不了多久。不會喝了一點葡萄酒就醉了吧？」

她大概是為了舒緩我們的緊張才這麼說的。繆里被雷打中似的綳直，淚汪汪地對狄安娜進行無言的抗議，而我則對繆里擺出「我就知道」的臉。

只有狄安娜一個愉快地拍著手。

「來，趕快行動吧。你們和我不一樣，只能活在當下喔。」

她是生命悠長，喜歡林蔭的鳥的化身。她成為鍊金術師的原因，其實赫蘿也曾在無意間提過。

若問鍊金術師在研究些什麼，答案不外乎是化鉛為金的祕法，和永恆的生命。

而狄安娜也曾經愛上人類，經歷了無可避免的分離。

「妳偷喝葡萄酒的事，我會報告給赫蘿小姐知道喔。」

「唔唔唔……」

繆里淚汪汪地看著我，狄安娜溫柔地望著她。

狄安娜任自己倘身於時光之流中，繆里卻等不及想長大，伸長脖子望向河的上游。

想到這裡，我好像明白繆里為何獨自跑來這裡了。

她一定是想和非人之人單獨聊聊不會告訴我，也沒有必要說的事。就像赫蘿從前和狄安娜聊不能告訴旅伴的事那樣。

「繆里，能送我到凱勒科去嗎？」

狄安娜無法用腳抓著我們渡海，但騎在恢復狼形的繆里背上，轉眼就能到凱勒科了。

「唔……摔下來我可不管喔！」

繆里說完就甩開我的手。

由於凱爾貝這個城裡人多，我們便過橋向北，穿過留有昔日風貌的舊城區，找到雜樹林再讓繆里化為狼。

今晚沒有月光，繆里的銀毛卻似乎仍在黑暗中發出不可思議的光芒。這樣明明就很神聖，為何平常都是野丫頭的樣呢，真教人百思不解。總之我收好她的衣服，和劍一起揹起來再騎上去，而銀狼沒出聲讓我預備就起跑了。

我知道她是真的很想趕時間，但那多半也是在對我抗議葡萄酒的事吧。

繆里一下子就跑出草原，改沿海邊前進。我們在船上確認過海邊沒有人家，不過她不是怕人看見，單純只是想在平坦的沙灘上盡情奔跑吧。海浪也會為她抹去足跡。

繆里不停地跑，速度比海風還快。

不曉得緊抱在她背上多久，風削過耳邊的聲音被她的呼吸與腳步聲取代。繆里不知何時離開了沙灘，走在陸地的草原上。

『海邊應該有人在看著。』

繆里發覺我在左右張望，大氣不喘地說。

「凱勒科快到了嗎？」

『就快了。剛才有鳥發現我以後飛走，大概是去聯絡臭雞他們。』

她停下來，要甩開跳蚤般渾身一抖，我便爬了下來。繆里用後腳搔搔脖子，再抖一遍才變回人形。

「吼～都是你一直抓同一個地方，頭髮都翹起來了啦。」

繆里好像還在為葡萄酒的事賭氣，但我在道歉之前先把衣服交給她。

「趕快穿起來。」

在我面前這麼理所當然地赤身裸體，讓人很不自在。

接著我們徒步走向凱勒科，伊蕾妮雅站在村口，見到我們便揮起手來。

「怎麼了嗎？」

繆里沒答話，跑累了似的撲進她懷裡，伊蕾妮雅抱得很錯愕。

「諾德斯通閣下危險了。」

以蓬鬆毛髮包容繆里的伊蕾妮雅嚇得手不禁用力，繆里發出模糊的哀嚎，尾巴難受地甩動。

「而且不是單純找人去救他就行。」

轉述亞茲的信後，伊蕾妮雅也明白大事不妙而牽著繆里的手進村。穿過廣場時，瓦登幾個在急就章的木牢裡盯著我們看。

「先等一下。」

我請伊蕾妮雅稍停後走向牢籠。

「……幹嘛？」

且無視青年瓦登十足海盜頭子樣的凶惡眼神，壓低聲音說：

「你們變回老鼠聽我說。」

想救諾德斯通，少不了瓦登他們的協助。

不過瓦登他們怎麼也想不到我會這麼說，表情更懷疑了。

「該不會一出去就是鷲爪在等著我們吧？」

「啊，算是啦。可能要抓著你們飛……」

夏瓏化成鷲以後，自然是以這種方式送老鼠瓦登過海吧。剛想他們怎麼會知道，我才發現兩邊想的是不同的事。而瓦登雖然臉色發青，但看在牢裡還有其他同伴的份上，沒等我訂正就挺胸說道：

「怕、怕你啊！」

並霎時變回老鼠爬出來。我覺得現在再解釋反而奇怪，乾脆就閉嘴了。然後小心避開瓦登他們，前往繆里她們所在的村長家，往點了燈的房間走去。

「這麼晚了做什麼？」

夏瓏手拿酒杯，臉有點紅，村長和領主也都醉醺醺的了。看來是地方上的有力人士為了答謝夏瓏他們接收那艘船，擺了場酒宴。

「妳喝酒啦？」

不久前才偷喝葡萄酒被逮個正著的繆里不平地說。

「這叫應酬。什麼事？」

夏瓏輕鬆撇開繆里的獠牙，往我看來。

「拉波涅爾那有信來了。」

給她看了亞茲的信，她臉上頓時殘紅全消，出現另一張表情。

「這下麻煩了。」

「出了什麼事嗎？」

夏瓏轉身對眼神迷濛的領主聳肩說：

「走私船的處理上有人來插手，常有的事。」

「喔喔，那就不好了。那艘船可是要交給勞茲本緝私官的啊。」

領主怪腔怪調地說個不停。為了與地方權勢打好關係，這類酒席是免不了的吧。

「我到外面說個話。」

「好的好的，我就不送了……」

年邁的村長都打起瞌睡了，領主還在為自己斟酒。

離開酒席時，夏瓏還往躲在暗處的瓦登瞥一眼。

「幽靈船之謎我已經全部解開了，可是諾德斯通閣下卻在這時候陷入危機。」

走出村長家，我確定周圍沒人才說。

在腳邊讀信的瓦登錯愕抬頭。

『喂，給我等一下！你說什麼？』

不知他是指前者後者而答不出話時，瓦登扔下信紙舉起雙手說：

『謎底你解開了？騙人的吧？』

繆里在瓦登面前蹲下，挽著他雙手拉起來。

「人骨是肥料的原料，而黃鐵礦是用來溶化骨頭的，對不對？」

『……』

沒有點頭，是他最後一點骨氣吧。

在他們看來，諾德斯通究竟是不是異端，根本無從分辨。

猶豫到最後，是因為他們無法排除他只是被人當成異端。

夏瓏指著瓦登的鼻子說：

「你們這些老鼠沒出賣他才不是為了義氣，而是為了錢吧。既然是用來做肥料，就是跟生產小麥有關。」

誰也不曾著眼的人骨，和沒有用處的黃鐵礦如今組合在一起了。諾德斯通家的拉波涅爾能成為產量巨大的小麥知名產地，就是因為這個全世界恐怕只有這裡知道的配方。

不過夏瓏此時的譏諷，感覺是在給瓦登他們台階下。

『為、為了錢錯了嗎！』

只要這樣回答，他們就只是貪婪的海盜，而不是優柔寡斷猶豫不決。

「總之諾德斯通閣下現在有生命危險。要是他被帶到大陸上異端法庭，想救他就非常困難了。所以，我想請夏瓏小姐先帶瓦登先生到拉波涅爾，在我們趕到之前爭取時間。」

瓦瞪再度驚訝地瞪大眼睛，夏瓏則是已經料到的樣子。

「在風這麼強的夜裡渡海也太冒險了吧……」

最後的嘆息，是因為別無他法。

她盯著腳邊想了一會兒後對我說：

「那情況危急的時候怎麼辦？我可以救他嗎？」

會這樣問，表示她和狄安娜有相同見解。

「……總比見死不救好。」

「有老鼠幫忙的話，說不定還是能往西方大海冒險。」

瓦登不太清楚這是什麼道理，聽繆里解釋以後抱起了頭。

『可惡，原來是這樣……我們去救他，真的只會讓他更可疑。』

瓦登和諾德斯通為了掩護走私，或許再加上一點巧合，編出了幽靈船等怪誕的傳說。即使會惹來謠言，但做點超乎常理的事也會被視作理所當然。就算有人來調查那些怪異謠言，當然也找不到他崇拜惡魔的證據。

長久以來他都是這樣瞞天過海，如今卻要翻船了。

『只要撐到你們來就能解決了吧？你不是黎明樞機嗎？』

瓦登小小的黑眼睛盯著我看。

「雖然我本身只是想成為聖職人員的弱小人類，可是不知道為什麼，人們把我當成了呼風喚雨的人物。」

現在不利用這種錯覺，更待何時。

「黑暗的海面容易讓人搞不清楚方向，掉下去別怪我啊。」

『被鷲爪抓住的時候，我就當自己已經死了啦。』

瓦登洩恨似的這麼說，在繆里掌上壓低腦袋，維持姿勢抬望夏瓏。

『不過，還是拜託妳了。要是沒能保護他，我們又要回去當小偷了。』

原以為那是為了對貓報恩，但瓦登卻說：

『我是怕你們拿諾德斯通當人質，才說是為了對貓報恩，其實我們單純都是幫老爺子做事的。這不是當然的嗎？』

小小的黑眼睛傷悲地歪斜。

『我們也很希望貓能帶他走啊。』

繆里用雙手包住瓦登，遮住了他的臉龐。

「你就祈禱風不要把我們都吹進海裡吧。」

也不知夏瓏是不是開玩笑，但她顯然是為了瓦登他們才這麼說。

「總之我先跟他們告辭，等我一下。」

夏瓏往村長家走後，繆里手中傳來嗚咽似的聲響。

『要是我們的船沒事就好了……』

瓦登望著其背影低聲啜泣。從村裡往海邊看，在船身撞碎的白色浪花烘托出模糊的船影。

「回凱爾貝以後搶一艘呢？老鼠做得到吧？」

繆里對掌中的瓦登提了個可怕的議。

幾乎被那雙小手蓋住全身的瓦登，用雙手擦擦眼睛說：

『問做不做得到的話，是做得到。可是這牽涉到很多事，會變得很麻煩。』

倘若有人乘著從凱爾貝偷來的船去救諾德斯通，會令人懷疑主使者與凱爾貝有關，這樣想大事化小就更難了。

「無論如何，只要夏瓏小姐和你到王國去以後，肯定能替我們爭取一點時間。主教應該會去搜查諾德斯通閣下的房子，可以去妨礙他們之類的。」

『好、好的。』

「最需要避免的就是讓他們把人送到大陸去，可以妨礙他們出航嗎？」

『這個……是可以。不過這樣的話，不如就乾脆搶船……可是這樣也不行，會遇到一樣的問題。』

想讓諾德斯通能夠繼續留在領地，憑自身意願航向西海，就得趁我們還能挽救前確保他的人身安全。

『啊啊，可惡！到頭來我們一樣是配角！在關鍵時刻一點用也沒有！』

瓦登在繆里手上大叫。

還用他短短的小手遮住眼睛。

繆里想替他遮擋寒風似的又合起雙手，但夏瓏阻止了她。夏瓏揪住瓦登的後頸，抓到面前來對他說：

「不是只有你，還有我。明天黎明樞機也會來，在那之前要盡可能拖延時間。現在只能這麼做了吧？」

聽了夏瓏的話，被抓著後頸吊在半空的瓦登用短短的手擦擦眼睛，用力掙扎起來。

『沒錯！我可是海盜頭子多多·瓦登大爺呢！』

「哼，那就出發吧。要是那裡燈塔的光變成用那個老爺子燒出來的就不好笑了。」

「臭雞！」

夏瓏聳肩彈開繆里的抗議。

瓦登跳出夏瓏的手，要向同伴傳達接下來的行動。

這時，一團黑影切入我們之間。

「伊蕾妮雅姊姊？」

繆里這麼驚訝，是因為伊蕾妮雅跪下俯視瓦登。

「你們……」

現出羊角的伊蕾妮雅注視著臉上毛髮被淚水弄亂的瓦登說：

「在風這麼強的夜裡真的也控得了船嗎？」

她柔軟蓬鬆的黑髮在冰冷海風吹撫下，宛如夜裡的熱流。

瓦登抬頭回答：

『我們……可是以西海盡頭為目標的海盜呢！』

民眾目擊幽靈船的日子，不是有伸手不見五指的濃霧，就是天氣惡劣的黑夜。

「那夏瓏小姐就按照計畫先過去，我們坐船追吧。」

「咦，哪來的船？到城裡偷嗎？」

這提議連頑皮的繆里都退卻，而且缺點都已經談過了。

正感不解時，伊蕾妮雅說道：

「要船的話，那裡不就有一艘嗎？」

衝上沙洲而擱淺的船。

「拖船都還沒到凱爾貝吧？」

即使夏瓏這麼說，伊蕾妮雅手仍指著那艘船。

然後對接不了話的我們淘氣地眨動一隻眼睛。

——擱淺船會由勞茲本負責處理，今晚不必看守。

夏瓏以此為由，將強風天裡看船而瑟瑟發抖的倒楣村人全趕回家。和她一起來的勞茲本官員都喝了酒而先一步睡著了。

不會有人看見。

會在凱勒科帶起新奇譚的，頂多只有出外小便的惺忪孩童吧。

「哇……」

站在甲板上的繆里發出出乎預料，帶有敬畏的讚嘆。

『有種變成馬的感覺呢。』

化成巨大黑羊，羊角上綁了許多纜繩的伊蕾妮雅這麼說。在風起雲湧，深廣淺灘上海水噪動的夜裡，那形影宛如有了實體的黑暗。

『不會一拉就散了吧？』

對伊蕾妮雅這問題，以人形立於船頭的瓦登只是以緊繃的臉回答。他自己也不確定吧。總之這群老鼠海盜為了將擱淺船拖出沙洲，抱著粗重的纜繩在船與羊角之間來來回回。

「不行的話，就只能去凱爾貝偷一艘了吧。」

這麼說的瓦登笑得很僵，繆里的尾巴也因為緊張與期待而膨起。
「看妳的啦……偉大的巨羊。」
綁好最後一條纜繩後，瓦登對伊蕾妮雅喊道。
『好的，包在我身上。』
伊蕾妮雅往後看一眼，擺出羊低頭衝撞的姿勢。
『我的名字是伊蕾妮雅．吉賽兒，波倫商行的黑羊。』
黑暗一挪動，緊繃的纜繩便開始絞緊船上各處，整艘船到處都是恐怖的嘎吱聲。伊蕾妮雅的腳逐漸沒入沙洲，激出浪花又往下沉。
比繆里腰還粗的纜繩發出磨牙般的聲響抵抗拉力。
當伊蕾妮雅的角忽而一沈，船大幅晃動，再絆住似的急停。
「哇……動了耶。」
瓦登從船頭往海面看，大口吸氣後說：
「拜託，把我們的城堡拖出去！」
『那當然。』
伊蕾妮雅抬起沒入沙中的腳，再向前進。
船隨之大幅一搖，甲板上有不少人向後跌倒。

他們還沒站起來，伊蕾妮雅的腳又抽出沙洲，往海面踏下。

如此反覆幾次，船的移動忽然變得滑順，前進與急停的界線變得模糊。

到了誰也不會跌倒後，船已顯然隨著浪潮而晃動。

「喔喔！出海了，我們到海上了！」

伊蕾妮雅像是拉出興致，抑或是為安全起見要拉到更深處，即使瓦登如此大喊也嘩啦啦地踏著輕快腳步往大海前進。

到了懷疑她會不會就此拉到王國的地步，她才停下來轉身說：

『這樣差不多了吧？』

許多老鼠順著纜繩爬到伊蕾妮雅身上，以解開纜繩。

瓦登在船頭不斷朝伊蕾妮雅大聲道謝。

船順著拉力繞行伊蕾妮雅般前進。等船過去，她再打鬧似的低下頭，頂著船尾推進海裡。

接下來她還要返回凱勒科善後，向村長與領主說明夏瓏等人與走私船消失的經過。

瓦登幾個如魚得水地在船上跑來跑去，高揚的帆轉眼漲滿了風，將船帶往洶湧的大海。

回望伊蕾妮雅，那巨大的身影已經變成小小的了。

她閉眼而笑時，感覺就像完全融入黑暗裡。

「啊哈哈！大冒險開始了！」

「不管什麼冒險都沒有這麼荒唐的啦。」

誰也不會相信這艘在沙洲擱淺的船，是被大得像船的巨羊拖出來的吧。而且甲板上除了瓦登這樣變成人形的雖然不少，以老鼠形態工作的也很多，簡直像童話故事一樣。

亂動搞不好會踩到他們，我只好坐在船邊看他們忙碌。

「好想給那個爺爺看一看喔。」

坐在我身旁的繆里突然這麼說。

「大家都為了救那個爺爺那麼賣力。」

說不出話，是因為繆里的笑容實在太耀眼。

「嗯，就是啊。說得沒錯。」

從諾德斯通獨留領地，到在西海盡頭看見出路的過程中，應該有過很多苦惱吧。所以才會受到誘惑而走錯了路。

但是，最後他懸崖勒馬了。

他逃出遭到毀滅的葛雷西亞領地，與臥病的妻子和鍊金術師三人攜手使領地壯大起來。之後妻子病逝，鍊金術師也消失無蹤，只留下希望。他應該還有希望。

「大哥哥。」

銀髮隨風飄揚的繆里看著我說：

「要救爺爺喔。」

散亂的瀏海底下那雙紅眼睛正堅定地注視著我。

「我當然要救他，還要讓誰都不受傷。」

史蒂芬應該也會為諾德斯通擔心，但他現在是領主身分，為了家族百姓著想只能採取最安全的措施。

「基本上我是贊成啦。」

繆里說道：

「不過要是發現了那隻貓，我一定要逆向摸她的毛，問她為何不替留下來的人多想一想。」

說得也是。

「又多一個尋找新大陸的理由了呢。」

幾乎就在繆里嗤嗤笑的同時，瓦登來喊我們了。

瓦登事先警告我們，登陸時要做好心理準備。

這艘船不能靠港，所以要找一個離城鎮夠遠的合適海岸，以幾乎擱淺的方式停船再划小船上岸。假如被海流捲到岩礁地帶，浪一拍就要碎了。

再加上天氣如繆里所料愈趨惡劣，在黑暗中也能看見白色的浪花。
他還給我們幾個用牛膀胱做的浮袋，說只要抓好它們，落海了也能靠風吹上岸，而我當然是安心不起來。儘管在北海糊裡糊塗落海過一次，這次我們是主動半夜出海，感覺更恐怖。
當先行前往拉波涅爾的夏瓏他們消失在夜空裡，我們這也在海中放下了登陸小船。上了小船後，從甲板上看似忍受得了的波浪也變成恐怕要蓋過腦袋的大浪。
我們將槳交給瓦登的能幹部下，自己只能從頭披上抹了油的牛皮大衣，緊抓牛的膀胱祈禱不要出事。
繆里大概也很怕吧，一直在笑。當船滑上淺淺的沙地成功登陸時，她雙腿明顯抖得很厲害。
『我們走。』
五隻老鼠跳下船，其中一隻用人話這麼說。繆里上岸之際用力甩乾濕答答的尾巴，像個夜間突襲的騎士默默指示城鎮的方向。
雖然拉波涅爾沒有像樣的城牆，但為安全起見，我們還是讓老鼠們先走，找個沒人的地方再翻過柵欄進城。城中央的嘈雜逐漸隨風而來，原來在船上見到的光明，是教會前的大篝火。
「臭雞呢？她會不會已經找到爺爺了？」
『我叫同伴到廣場去了，那邊應該有人一直在注意這裡的動靜。』
在老鼠的帶領下，我們在庭院有豬睡覺的民宅前等候。

屋裡似乎沒人在，大概是與廣場的騷動有關。

「該不會是火刑……已經開始了吧？」

「如果我的鼻子沒壞掉，這裡還沒有烤肉的味道。」

這麼說來，主教說不定是將諾德斯通關在教堂某處，正在對民眾解釋其執法的正當性。在這種狀況下只能等待回報，讓人焦急得胃都快扭斷了。

「不要急啦，別看臭雞那樣，她眼睛很尖的。」

遠比我更不善等待的繆里拚命地保持笑容。

我多用點力摸摸她被海水打濕的頭，深深點頭。

不久，在院子角落疑惑地盯著我們看的豬忽然轉向巷子裡，三隻小老鼠跑了過來。

「怎麼樣？」

『夏瓏小姐看來是往西邊飛了。』

另一隻老鼠聽了小老鼠的耳語後對我說。

「往西？出城了的意思？」

小老鼠怕我生氣了似的縮起身。

『牠們還說，有另一個武裝過的人類跟在夏瓏小姐後面。』

「是亞茲先生吧。竟然需要武裝。」

老鼠繼續替我翻譯小老鼠的話。

『他們看城裡的人舉著火把往西走就追過去了。』

繆里看著我，想的是一樣的事吧。

「所以他還在家嗎？」

人們是要蒐集他為異端的證據，還是要放火獵巫呢。

「什麼時候的事？」

『前不久。』

城鎮離那屋子有段距離，諾德斯通應該還沒被抓。既然是一群人手拿火把行軍，時間還來得及吧，應該設法搶先跟諾德斯通談談才對。

「繆里，我們也過去。」

繆里臨時停下點頭動作，對老鼠問：

「要騎在我背上嗎？」

老鼠們毛都豎了起來，默默點了頭。

繆里再度化為狼形，跑得比前往凱勒科那時快上許多。

如箭矢般穿過深夜的麥田。

最後老鼠們是窩在我懷裡，繆里一副欲言又止的樣子。雖覺得她事後會跟我賭氣，現在也只好裝作沒注意到。

我死命抓住全力疾奔的繆里的背，在遠處路上見到人群的火光。帶頭的像是舉著染上教會徽記的旗子，顯然目的不是為了緝私這種重整城鎮秩序的事，而是將揪出異端擺在第一位。

他們的目的地，無疑就是闖出他們眼前這片麥田，使拉波涅爾蓬勃發展之人的住處。低聲說出的異端二字，深埋在繆里後頸毛叢間，化為熱氣。

即使跑進森林，繆里的速度也絲毫不減。害怕被樹枝砍頭的我只能拚命壓低腦袋緊抓著她。

當速度終於減緩，我看見屋前繫了一匹還在喘息的馬，應該是亞茲騎來的。屋裡有些燈光，馬因繆里的出現而嘶鳴，穿上皮胸甲的亞茲拿著劍出來看情況。

「寇爾先生。」

亞茲在勞茲本見過繆里的狼形，並不驚訝。

「夏瓏小姐呢？」

『我在這，你們還真快。』

大鷲從屋頂上跳下來，停在亞茲肩上。

亞茲說：

「狀況是主教藉走私宣告諾德斯通閣下為異端，史蒂芬閣下也幾乎要承認了。現在主教帶了一批城裡的人要來這裡蒐證，您在路上有看見嗎？」

「有，他們還要一段時間才會到森林邊上。諾德斯通閣下呢？」

「我有請他暫時躲起來避避風頭，可是他執意要留在這裡……」

即使他嘴上說在這片土地什麼也沒留下，到頭來這裡對他仍然意義深重。藉繆里和瓦登等人的力量，我們是能救他一命，但他也將因此被迫離去，並不是最正確的選擇。

於是我下定決心說道：

「我去跟他談談。」

使眼色要繆里待在門外後，我走向屋子。

如此風聲呼嘯又陰暗無光的黑夜，通常會使這種林中小屋格外陰森，但在我看來卻像是一隻負傷的熊在冷風中瑟縮。

諾德斯通並不是異端。或許任誰聽說用酸液溶化人骨作肥料都會覺得恐怖，但那些都是他祖先土地先烈的骨頭，且溶化而做成灌溉麥田的肥料後，使當年這荒地上許許多多的人得以存命。

誰能拿這點責怪諾德斯通呢。他不該在陰暗的屋裡獨自消沉，我要像繆里在瓦登的船上講的那樣告訴他，他還有很多同伴。

我深吸口氣，向門板伸手。

握住直接以原木製成的粗獷把手時——

「！」

門忽然打開，撞上我額頭。

「寇、寇爾先生！」

亞茲難得叫得這麼慌，連繆里都跑來了。

痛得蹲下的我，聽見頭上有聲音傳來。

「嗯？怎麼，黎明樞機啊？」

「唔唔……諾德斯通閣下……」

還在眼花的我搖搖晃晃地站起來稱呼他的名字。

「我、我是來……」

形影總算清晰了的諾德斯通，使我把接下來要說的「保護你的」吞了回去。

「怎麼，你是來替史蒂芬抓我的嗎？」

諾德斯通以屋前的蠟燭點燃手中火把。

火把上纏的布似乎澆滿了油，啪嘰啪嘰地劇烈燃燒起來，我隨之倒抽一口氣。

並不是因為火勢。

而是火光下諾德斯通那身不輸火勢的勇猛裝扮。

「諾、諾德斯通閣下，您這打扮是……」

「哼。那些忘恩負義的蠢蛋要來這抓我是吧？我就讓他們想起來這片土地是誰闢出來的。」

他左手是熊熊燃燒的火把，右手是騎士馬戰時會用的大型劍。

揹了盾和斧，甚至穿上脛甲和頭盔。

無論誰看了，那都是要打仗的樣子。相較於錯愕的我，身旁狼形的繆里則是張大了眼睛猛搖尾巴。

「所以呢？你是我第一個對手嗎？」

亞茲曾請諾德斯通在主教的人馬趕到之前快逃卻遭到拒絕，讓我以為他是萬念俱灰。

結果卻是完全相反。

諾德斯通並不是那麼脆弱的人。

「不、不是，我是來保護您的……」

「嗯嗯？」

他懷疑地皺起眉頭，從上到下打量我一番。

「你這身材也能揮劍？」

諾德斯通比我矮小，體格偏瘦，又一大把年紀了。

可是背後卻像是打了根粗大的鐵柱。那就是所謂的鐵骨吧。

絕不是鈍劍砍得斷的，強勁熾熱的意念。

「不是靠揮劍，我……」

但我的決心也不遑多讓。

我換一口氣說道：

「我現在很肯定您不是異端，我想去說服主教。」

諾德斯通表情訝異，劍尖終於指向地面。

「您是拿人骨作肥料沒錯吧？」

「瓦登說出來了嗎？」

我明確地搖頭回答：

「不管我的同伴怎麼威脅，他都不肯說。那是以前當過刀劍工匠的礦物商人，和我認識的鍊金術師替我想出來的。」

諾德斯通瞇眼看看我，聳了聳肩。

「跟聖經那句『隱祕的事沒有不顯露的』一樣呢。」

「因為這個緣故，我相信您絕不是異端。」

諾德斯通注視著我。

那透徹的雙眼，映照著火把的焰光。

隨後受到眼瞼的遮蓋。

「所以瓦登他們沒事了嗎？」

「他們……對。他們搭那艘船回到這裡了。」

諾德斯通緩緩點頭，嘆著氣睜開雙眼。

「那就快把貨送給城裡的商行吧，有很多人能得救。」

「知道了。但需要救的不只是他們，還有您。放下武器吧，我會替您去和主教好好談談。我或許是個不太可靠的年輕人，但民間卻把我——」

還沒解釋完，諾德斯通用握劍的手在我胸口輕捶一下。

「你的好意我心領了。每個人聽了就只會胡思亂想，只有你找到了真相。我沒看走眼，你不是只知道信神的傻瓜。」

他將我推退一步後輕笑道：

「我不是異端，但我仍是教會的敵人。」

「這只是文字遊戲吧？」

諾德斯通笑得更厲害了。

那是種不出聲，不可思議的笑法。

「不，就是敵人。教會的敵人。」

「不參加禮拜，不等於不信神。」

「不是那種事。」

諾德斯通輕舉起劍扛在肩上。

明明是驍勇戰士的穿著，卻像在扛農具一樣。

「我是教會的敵人，史蒂芬也多少察覺到了吧，所以你最好不要跟我扯上關係。我認真警告你，這是答謝你救回瓦登他們。」

「……」

「但是，我也不會乖乖束手就擒。」

不知該如何回話時，候在一旁的繆里抖抖她大大的三角耳，脖子往停在亞茲肩上的夏瓏伸。森林另一邊傳來草木婆娑聲般的嘈雜。

來抓人的人已經到森林入口了吧。

「我會大打一場，扮演一個被惡魔附身的可憐老人，這樣史蒂芬就能狠下心來把我跟這塊領地切割開來了。我終於——」

諾德斯通轉向屋子說：

「我終於下定決心離開這裡了。你說你們是搭瓦登他們的船來的吧？很好，我就照你的意思捨名取實吧。」

諾德斯通並不是自暴自棄才這麼說。想必他經常在思考怎麼利用自己所剩不多的人生，卻始終踏不出第一步。

現在機會終於來了，於是他義無反顧地向前進。

他氣魄萬千，沒有絲毫悲愴。甚至和瓦登一起神采亦奕地航向西海的神情都恍如眼前。

「對了，有件事可以拜託你們。可以把屋裡的古拉托帶到港邊去嗎？然後幫我聯絡瓦登他們，說今晚我們終於要去追隨鍊金術師的腳步了。」

還以為諾德斯通是個被鍊金術師拋棄的配角，現在見到他這副模樣，讓我深感羞愧。諾德斯通才不是什麼配角，根本就是繆里最愛的冒險故事主角。

因為那種故事的主角，總是愈挫愈勇。

「這隻狼是訓練過的嗎？」

諾德斯通看著繆里問。

「這……」

『咆嗚。』

繆里狼感十足地吠一聲，併攏前腿坐下。連我都沒聽過呢。

「我一個人氣勢不夠，有狼就威風多了。可以借我一下嗎？」

「呃……我……」

猶豫是因為繆里的眼光輝燦爛，顯然是在為能夠大鬧一場興奮不已。這個臭丫頭……儘管心裡鬱悶，拒絕了搞不好真的會被她咬一口。只能點頭了。

「謝謝你。想在麥田修理這些忘恩負義的人，騎狼正合適。」

繆里站起來靠過去，並以奇妙的眼神望著放下了劍，用力摸著她的諾德斯通。

「我調查怎麼培育小麥的時候，看過大陸那邊的幾個民俗故事。據說那邊會用狼奔來形容飽滿麥穗隨風搖曳的樣子。所以在那裡，人們將狼視為帶來豐收的象徵。」

停止動作的繆里，尾巴開始像河中水車一樣用力搖起來。

要是不拴住她，恐怕會跟著諾德斯通航向西海盡頭吧。

「不過要比作麥穗的話，這毛色是太白了點。」

繆里立刻低吼起來，用鼻尖頂一下諾德斯通。

「呵呵呵。人家說聰明的狼聽得懂人話，原來是真的啊。哎呀，抱歉抱歉啊。」

粗魯摸頭的動作顯得很習慣。

說到應付動物，放養在屋子周圍的豬啊羊的也都過得很自在。

「好啦，去給那些忘恩負義的人一點顏色瞧瞧。」

『咆嗚！』

諾德斯通邁開大步，繆里一眼也沒回頭看就跟上去。

那對背影彷彿是共同征戰了幾十年的老友。

亞茲看著我，逡巡一會兒後誠實地說：

「我去幫忙。」

「麻煩了。」

那不僅是協助諾德斯通，還包含了不讓繆里玩得太過火的意思。

亞茲追上去後，夏瓏拍拍翅膀，跳來我肩上。

『太小看他了呢。』

若生對時代，諾德斯通這號人物一定能在厚重的編年史上留下插圖。

「他堅持自己是教會的敵人這點，我還是不能接受……」

『那是他的骨氣吧。』

害得史蒂芬心力交瘁的，也是這份骨氣。令人不由得同情這位年輕的領主。

但看樣子，這結局不會有太多淚水，算是不幸中的大幸了。

「接下來，我們就把那位古拉托先生帶到港邊，聯絡瓦登他們吧。」

『瓦登那邊我去通知，那個古拉托就交給你了。』

見夏瓏說完就要飛走，我趕緊留住。

「能請妳跟著我嗎?迷路就糟糕了。」

『……』

夏瓏冷冷地看了我一眼。要是我落單，能否走出森林都很難說。在凱爾貝不知怎麼和鴿子說話時，也慌得很可笑。我也只有黎明樞機這麼一個別人亂封的稱號好聽，其他方面差勁得繆里都會傻眼。

『我等著，趕快帶人過來。』

夏瓏拍拍翅膀，停在屋脊上。

森林另一頭的喧囂突然拉高，也許是諾德斯通對上群眾了。

雖有點擔心，但繆里也在，事情不會太嚴重吧。再說不知情的人夜裡在森林碰上狼，再勇猛也會嚇得腿軟。

開門進屋後，點上零星燭光的屋裡深處有些聲響。

「古拉托先生!您在嗎!」

隨後，深處有人有氣無力地慢慢回答:「請稍等一下。」

既然他們準備離開，可能是在收拾行李吧。從聲音聽來，古拉托的年紀也很大了，說不定也是葛雷西亞領地的倖存者。

我往裡頭走，想幫點忙。穿過堆滿書的門口，進入陳列礦物標本的房間。那個貓鍊金術師都是在這裡作研究的吧。

穿過房間，接下來是麥子分類放置，諾德斯通直至今日都在作研究的房間。他的妻子和鍊金術師都還在時，他們三人會不會就是在這裡為如何種麥絞盡了腦汁呢。上次地上還散落著羽毛筆，有如在訴說當時的情境。

現在已經收拾乾淨，清爽了點。直往下個房間走到一半，我的腳忽然停了下來。房間好像變得太空了。

「？」

看看周圍，也沒看出多大改變。

覺得奇怪時，我總算注意到異處。

「蒸餾器不見了？」

這裡是著名小麥產地，當時我猜想是用來研究酒飲用的。那是個出奇精緻的球體，上面又布滿奇怪的紋路，像是鍊金術師會用的東西。

原本被書籍和羊皮紙疊團團包圍，顯得很窘迫的樣子，如今不知上哪去了。

「……」

主教那邊的人會來這屋子蒐證，也許是不想多受刁難而藏起來了。然而心裡確有種奇妙的躁動，使我面對蒸餾器原來的位置動也不動。

——你還在等什麼？

彷彿又要聽見裡頭房間傳來這聲音。

「蒸餾器……」

起初以為是用來製酒，後來又猜想會不會是用來提煉黃鐵礦的酸。不過狄安娜說那不適合用來取酸。

而且露出臉來的渾圓球體表面，刻有奇異的紋路。

那到底是用來做什麼的呢。

好像有哪裡不對。

「是不是在哪見過……」

我拚命翻找記憶，愈是急著想起來，刻在泛紅銅器表面上的紋路愈是像寫在海面上的字一樣晃動。

這時，房間裡傳來拖動大型物體的聲響。

「咿咿、哈呼……請再稍等一會兒……」

碰一聲放下大行李的，是個比個子不高的諾德斯通還要矮小的老人。東西放好以後，他又折回裡頭房間。

「我來幫忙！」

我這麼喊著想趕過去，人卻被鉤子扯住了似的無法前進。

「啊啊，真是……！」

這樣豈不是跟眼睛離不開串烤攤的繆里一樣嗎？我努力把腳拔離地板，去協助古拉托。

這時一陣強風拍響玻璃窗，彷彿想叫住我。會是錯覺嗎？

殘缺的月從隨風飄移的厚重雲縫間露出臉來。青白的月光嘩地一聲探入窗口，照亮整個房間，習慣黑暗的眼都快睜不開了。

蒸餾器原來的位置，真的空得很不自然。那奇異的球體的確曾擺在這裡，而諾德斯通特地把它收起來了。灑滿月光的房間陰影比白天更濃，地上明顯有拖動書堆等重物的痕跡。

「只是蒸餾器的話，城裡應該多得是……」

果真是那些怪異紋路的關係嗎？

刻的會是褻瀆神的禱文嗎？

做起如此極端的假設時，呼吸停住了。

「褻瀆……神……」

在不成聲的囈語彼端。

我見到飄浮在汙損玻璃窗另一頭的殘月。

月亮上看似凹凹凸凸的斑紋是那麼地清晰，缺口邊緣如影子般模糊。

簡直就像球體從側面受到光照一樣。

「啊！」

剎那間，我全都懂了。

──我不是異端，但我仍是教會的敵人。

這句話，以及從屋子裡消失了的刻有奇異紋路，形似蒸餾器的銅製球體。

再加上航向西海盡頭的鍊金術師，與欲隨她而去的前任領主。

鍊金術師為什麼會認為西海盡頭會有大陸呢？

「占星術。」

我喃喃地說出這三個字，再將它吞下。

沒有證據。

沒有任何實據可以證明。

但鍊金術師仍像貓追毛線球一樣西行去了。為何她能夠踏上這虛無飄渺的旅程呢。瓦登說貓的習性就是會躲起來死。照常理而言，這件事就是這麼胡來。

可是，假如她確定自己是對的呢？

確定只要不斷往西，就會從東邊回來呢？

我幾乎能看見轉動大銅球，凝目查看其紋路的鍊金術師。

上頭刻的，一定就是繆里也曾注視的「世界地圖」。

「久、久等了。」

被這一聲喚回神的我轉過頭，見到古拉托已經整理好行李，喘得好厲害。

我的頭像個空燒的鍋子，心臟噗通噗通地跳，不過身體擅自動了起來。

在古拉托恐怕搬不動的大行李綁上繩子，揹上我算不上強韌的肩。

「我、我去開廚房的門。」

氣還沒理順的古拉托說完就往裡頭廚房的方向走。我再度環視房間，大概是雲又遮住了月光，整間都是黑漆漆、靜悄悄的。

彷彿有閃電劃過天際，照出了一瞬之間的惡夢。

為了確認自己仍處在現實之中，我踏出背負行李重量的步伐。

搬到外面去，放上亞茲騎來的馬，在不敢相信我怎麼拖那麼久的夏瓏帶領下走進森林。

屋子靜靜佇立在森林中。

什麼也不說，就只是默默蹲在那裡。

有如等候冬天過去的一頭熊。

終幕

當晚，我發燒了。

臥床期間，我反覆夢到繆里變成狼，在草原上拖著我到處跑。草原會像牆壁一樣高高立起來，甚至天地倒轉。

我對那顛倒的世界一點辦法也沒有，只是害怕自己會從繆里背上摔下來而不停顫抖。

呼吸困難，全身痠痛，手腳不聽使喚的焦躁，使我醒來好幾次。

每次都好慶幸自己是在作夢。

於此同時，會發現呼吸、疼痛和手腳動不了等問題，全都是因為我在現實中抓著繆里造成的。

我就這麼睡睡醒醒，反反覆覆。

到了第三天早上，燒終於退了。

「旅行鐵則第一條，身體不舒服一定要講。」

繆里伸長了食指，直指我額頭這麼說。

「嚇死我了知不知道！跟教會的人講到一半翻白眼昏倒耶！」

會生氣，表示她就是那麼擔心我。

於是我握起她的手，用力拉過來抱住。

「對不起。」

「咦！呃，啊……好、好啦……」

繆里抱起我來是拿手得很，換我抱她就不知所措了。繆里的狼尾尷尬地擺動，扭來扭去很不自在。

「……」

是察覺狀況不太對勁吧，她不再亂動了。

「……你作惡夢啦？」

「就是啊。」

終於盼來的這麼一句話，使我又一次緊抱她細瘦的身軀再放開。

在床上疊著我的繆里露出有話想說的表情，把臉按在我胸上蹭。

「有我在啦。」

這話讓人覺得放心，我卻忍不住笑出來，是因為我為惡夢所苦時，有八成是繆里看護到睡著，趴在我胸上造成的。

「諾德斯通閣下他們後來怎麼了？」

奉行騎士也需要休息的繆里忙著鑽進我的被窩，並回答：

「城裡的人幾乎都是站在爺爺那邊這部分，你還記得吧？」

「記得。」

聽說繆里和諾德斯通離開森林後，居然見到拉波涅爾的人向教會倒戈了。我進屋前聽見的喧囂，就是城裡的人為阻擋教會人馬造成的。

「城裡面也鬧得很大，最後教會的人只好放棄那個異端法庭了。」

然後我與史蒂芬正式會談時，因發高燒而昏倒。

「不過爺爺也承認他真的有走私，所以那個叫史蒂芬的？就是那個哭哭臉的人請他離開領地來代替罪刑，爺爺也接受了。」

這樣主教也不失面子，是個妥善的處置吧。

「哭哭臉的領主雖然決定要趕爺爺走，但不知道是誰準備了山一樣多的小麥和一大堆東西，送到老鼠的船上去。離港的時候，都只有城裡的人來送，離開城鎮範圍以後，有一個技術很爛的人騎馬一直在海邊追呢。」

看來史蒂芬只是一心顧全領地，並不是忘恩負義之徒。

他身為領地的執法者，無法像人民那樣光明正大地為諾德斯通送行。

「我聽亞茲哥哥說，其實村裡管理麥田的幹部全都知道肥料的事。因為是商業機密，他們會繼續保密，不過以後沒船走私了，只好乖乖改用豬骨羊骨。這樣成本會提高，麥價就跟著上漲了，亞茲聽了頭都痛了。金毛也一樣吧。」

對於需要向他們收購小麥的伊弗和海蘭而言，的確不是個好消息。

「伊蕾妮雅小姐她們呢？」

「臭雞馬上就回勞茲本去了，伊蕾妮雅姊姊想要看看從爺爺家裡搬出來的資料，上瓦登的船去了。」

「咦，她也要到西方去？」

已經完全墮落起來，變回野丫頭的繆里纏著我手臂打個大呵欠回答：

「爺爺他們好像要到王城去募集往西航行的資金。沒有找你，是因為不想靠關係吧。」

教會來抓人時，和諾德斯通一起跑進森林要打垮他們的繆里愉快地這麼說。

然而諾德斯通避免和我見面似的匆匆出航，給了我不太一樣的看法。

「大哥哥啊。」

這時，繆里有點撒嬌地說：

「我們也趕快回去嘛，勞茲本比較熱鬧，比較好玩啦。」

話雖這麼說，她還是一副賴床的架勢。

「總之整件事，到這裡就……啊呼，圓滿解決了……」

這句夾個呵欠，已經說得像夢話的話，讓我想起諾德斯通那間屋子。我原本就不善於隱瞞，而繆里還是有狼眼狼鼻的少女。

還沒告訴她那一夜的事，她也不像是注意到我有心事，是因為我到現在都還在懷疑那只是惡夢一場吧。

那會是我的妄想嗎，還是鍊金術師的妄想呢？

我認為，假如西海盡頭真有新大陸，很可能會化解對世界造成巨大動盪的王國與教會之爭。

但若那晚的夢真是現實，那麼事態恐怕會帶來更複雜、更嚴重的問題。

「繆里。」

她不知是看護累了，還是在我臥床時和亞茲處理種種善後事宜，一副快睡著的樣子，喊她也只是抖抖耳朵要我說下去。

「我……我又作惡夢的話，妳會救我嗎？」

繆里忽然有點動作，大概是在笑吧。

「大哥哥。」

窩在我被子底下的繆里抬起頭，紅眼睛很受不了地看著我。

「我是你的騎士耶，你忘啦？」

即使摔進漆黑冰冷的海裡，這匹銀狼也跳了下來。

這句話自然不會有假。

「那就趕快起來，去向史蒂芬閣下告別吧。」

「咦？」

我掀開被子坐起，冷得繆里縮成一團。

「好了，趕快起來。不是想回勞茲本嗎？太陽都爬這麼高了，我還得寫信向基曼先生和狄安娜小姐幾個道謝呢，沒時間在這瞎耗。」

「一直睡覺的人是你好不好！」

我不理會繆里的抗議，開窗通風。

放晴的拉波涅爾港邊天明海藍。

相信有許許多多的人，曾經幻想海天的另一邊究竟有些什麼。

而這世上，還有人比繆里更勇於作夢。

「大哥哥，我們先去吃飯！」

轉頭一看，繆里已經活力十足地站了起來。

無論情況如何艱苦，只要看到這張天真的笑臉，都會隨她而去。

相信再過不久，我就非得和繆里談談當時在屋裡察覺的事不可。屆時她必定是不慌不怕，還會興奮得整條尾巴都膨起來。光是這麼想，讓我高燒三天的恐懼就好像從心頭散去了。

「對了。」

我拿大衣之餘對繆里說：

「妳不是和諾德斯通閣下一起出森林去對抗教會帶來的人嗎？雖然你們沒有打起來……可是我隔很遠也聽得到那邊吵得很厲害，真的都沒事嗎？」

「啊，你聽我說喔！那個爺爺真的超帥的啦！」

打開話匣子的繆里已經完全忘記騎士的尊嚴，牽著我的手出房間。

「後來爺爺大聲一喝——」

聽她講述時，我也始終握著她的手。

我作了個世界天翻地覆的夢。

這世上還隱藏著驚天動地的大祕密。

一個王國與教會之爭都相形失色的大祕密。

「我也好想跟大哥哥威風一下喔！」

只憑我，怎麼也無法面對。

但只要有這位白毛騎士在，我相信我也能勇往直前。

「話說大哥哥，我還是很想要傳說之劍耶！」

我對繆里笑一笑，再度開啟通往外界的門。

廣大的世界，還有許多未知在等著我們。

後記

感謝關照，我是支倉。間隔又拉長到將近一年了呢……

光看大綱，我滿滿是「這次一定能寫得很輕鬆！起承轉合spectacle tentacles！」的感覺，還寫信對責編說：「應該九月底就能交！」，結果寫完時十二月都過一半了。

到頭來，說不定比那惡夢般的第四集還痛苦。這次又是寫好之後拿去給責編K看，聽他拐個彎告訴我：「不行喔☆」之後回家，夢到他說：「這次真的很無聊。」而半夜嚇到跳起來（善意提醒，只是夢境）。

於是我又把歷經無數長吁短嘆才好不容易寫好的稿子從頭寫過，這裡修那裡改而總算成形。遺憾就只有繆里和寇爾的互動放得不夠多吧。

然而這次繆里的成長幅度感覺意外地大，似乎開啟了一條不同於赫蘿與羅倫斯的玩法。故事到這裡，算是來到了一個大節點。希望在《狼與羊皮紙》裡，可以徹底去面對在《狼與辛香料》裡會膨脹得太大而避開的問題。責編K分析說，我每集都編排得那麼辛苦，大概是因為要在故事主軸裡一次塞進規模巨大的世界性問題、寇爾和繆里的關係還有每集要解決的事件這三樣東西，眼睛真夠尖的……話說《狼與辛香料》只有兩樣的樣子，我就已經塞得夠辛苦了。

今年適逢我出道十五週年，真的很希望能把產能提升一點。

話說，以「進入動畫世界和角色互動！」為概念的ＶＲ動畫《狼與辛香料ＶＲ２》已經上市。這次連繆里都出場了，還會在整個畫面裡跑來跑去。還有跟赫蘿和繆里一起看《狼與辛香料》動畫第一集的模式，也就是進入動畫和動畫角色一起觀賞有那些動畫角色出演的動畫（哲學）。希望各位也能來嘗試這個新時代的遊戲方式！只要搜尋《狼與辛香料ＶＲ２》就找得到了。

就這樣，今年也請多多指教。

下次不是赫蘿和羅倫斯的故事，就是直接寫寇爾和繆里的續集吧。

文倉凍砂

青春豬頭少年不會夢到正義護理師

Kadokawa Fantastic Novels

作者：鴨志田 一　插畫：溝口ケージ

都市傳說「＃夢見」在學生間成為話題。
郁實藉此化身為「正義使者」助人？

寫下來的夢會應驗——這個都市傳說「＃夢見」在學生們的SNS成為話題。咲太目擊郁實藉此化身為「正義使者」助人，也得知她碰上了類似騷靈的現象，而且原因好像來自以前的咲太……？開啟上鎖的過去之門，青春豬頭少年系列第十一集。

各 **NT$200~260/HK$65~80**

奇諾の旅 I～XXIII 待續

Kadokawa Fantastic Novels

作者：時雨沢惠一　插畫：黑星紅白

那國家有口大箱子，許多國民在裡面沉眠!?
銷售高達820萬本的輕小說界不朽名作！

「妳說那只箱子嗎？那是守護我們永遠生命的東西啊！」看似不到二十歲的入境審查官對奇諾如此說明：「在那裡，有許多國民們沉眠著！」「沉眠著……？」奇諾將頭歪向一邊表達不解。「那裡可不是墓地喔！大家都還活著！只不過——」

各 **NT$180~260/HK$50~78**

千月さかき
東西
以我的能力創造
開外掛的老婆們
9
Kadokawa Fantastic Novels

國家圖書館出版品預行編目(CIP)資料

新說狼與辛香料狼與羊皮紙/支倉凍砂作 ; 吳松諺譯. -- 初版. -- 臺北市 : 臺灣角川股份有限公司, 2021.04-

冊 ; 公分. -- (Kadokawa fantastic novels)

譯自 : 新説 狼と香辛料 狼と羊皮紙

ISBN 978-986-524-342-5(第5冊 : 平裝). --

ISBN 978-986-524-945-8(第6冊 : 平裝)

861.57 110002082

Kadokawa Fantastic Novels

新說 狼與辛香料

狼與羊皮紙 6

（原著名：新説 狼と香辛料 狼と羊皮紙Ⅵ）

2021年11月3日 初版第1刷發行
2022年10月12日 初版第2刷發行

作　者：支倉凍砂
插　畫：文倉十
日版設計：渡辺宏一
譯　者：吳松諺

發行人：岩崎剛人
總編輯：蔡佩芬
編　輯：黎夢萍
美術設計：李思穎
印　務：李明修（主任）、張加恩（主任）、張凱棋

發　行　所：台灣角川股份有限公司
地　址：104台北市中山區松江路223號3樓
電　話：（02）2515-3000
傳　真：（02）2515-0033
網　址：www.kadokawa.com.tw
劃撥帳戶：台灣角川股份有限公司
劃撥帳號：19487412
法律顧問：有澤法律事務所
製　版：巨茂科技印刷有限公司
ISBN：978-986-524-945-8